Louise M. Moran

Darrel & Lou
Mit dem Schlagzeug quer durch London
Band 2

AF220709

Louise M. Moran

Darrel & Lou

Mit dem Schlagzeug quer durch London

Band 2

Bibliografische Information der Deutschen
Nationalbibliothek:
Die Deutsche Nationalbibliothek verzeichnet diese
Publikation in der Deutschen Nationalbibliografie;
detaillierte bibliografische Daten sind im Internet über
http://dnb.dnb.de abrufbar.

ISBN 978-3-7528-3443-7

Inhalt

1. Sie kam und blieb

Hi!«, sagte ich, weil mir nichts Besseres einfiel. Sie zuckte zusammen und sah mich ängstlich an. Eigentlich hatte eher ich Grund, Angst zu haben, denn schließlich saß sie vor unserer Haustür auf der Treppe, und ich kam allein vom Friseur und wollte aufschließen.

»Darf ich bitte vorbei?«, fragte ich freundlich.

»Kein Problem. Sorry.« Sie stand auf und zog mit ihrer rechten Hand die zwei Reisetaschen beiseite, damit ich mich an ihrem gigantischen Koffer vorbeiquetschen konnte. Am linken Handgelenk trug sie einen Verband. Vermutlich war sie mit dem Auto oder einem Taxi gekommen, denn diese riesige Gepäckmenge hätte sie nicht einmal mit zwei gesunden Händen von der U-Bahn bis hierher transportieren können.

»Kann ich Ihnen helfen?« Sie tat mir leid. Ihr hübsches, von dunklen, halblangen Locken umrahmtes Gesicht war auf der rechten Seite durch zwei rote Flecke verunziert, die wie Prellungen aussahen und sicher sehr schmerzhaft waren.

»Nein. Kein Problem«, antwortete sie.

»Warten Sie auf jemanden?«

»Bei Mackay macht niemand auf. Kein Problem.« Sie lächelte verkrampft wie eine verunsicherte Servicekraft am ersten Arbeitstag.

»Werden Sie erwartet?« Mich wunderte, dass Maggie nichts davon erwähnt hatte.

»Sean hatte gesagt, dass ich jederzeit kommen darf. Ich wollte vom Bahnhof aus anrufen, aber er ist nicht erreichbar. Da schickte ich ihm eine SMS.«

»Er ist wahrscheinlich gerade beim Joggen und hat das Telefon nicht mitgenommen. Seine Frau ist bei der Arbeit.«

»Kein Problem. Ich warte.«

»Möchten Sie hereinkommen und bei uns warten?«

»Nein, kein Problem.«

»Es sieht aber nach Regen aus.«

»Ich stelle mich dort unter, wenn ich darf. Kein Problem.« Sie lächelte nervös und deutete auf den kleinen Bereich vor unserer Tür, der nur deshalb ein wenig geschützt war, weil diese einen halben Meter ins Haus hineinversetzt war. Mehr als ihr Gepäck hatte dort garantiert nicht Platz und das sagte ich ihr auch.

»Kein Problem«, war die Antwort, die mir langsam aber sicher auf den Geist ging. »Ich habe einen Schirm.«

»Sean und Maggie würden es mir nie verzeihen, wenn ich ihren Gast vor der Tür im Regen stehen lassen würde. Ich bin Lou.« Ich streckte ihr die Hand hin, die sie vorsichtig ergriff.

»Ich bin Sarah. Kein Problem. Sean weiß noch nicht, dass ich komme.«

»Aber bald weiß er es.«

»Kein Problem. Ich verpetze Sie nicht, Ma'am.«

»Nenn mich bitte Lou. Und jetzt komm rein, Sarah. Das ist nämlich überhaupt kein Problem.« Ich schloss die Tür auf und nahm wie selbstverständlich die beiden Reisetaschen mit, um endlich

Tatsachen zu schaffen. Als ich mich umdrehte, zog sie ihren Koffer Stufe für Stufe herauf.

»Lass mich das machen.«

»Kein Problem!« Sie lächelte mich kurz an und wandte sich wieder ihrem Koffer zu.

Da sie mir bei meinem Vorhaben im Weg stand, fasste ich sie kurz an den Schultern, um sie beiseitezuschieben, aber sie zuckte dermaßen zusammen, dass ich die freundlich gemeinte Geste sofort bereute. »Tut mir so leid! Habe ich dir wehgetan?«

»Nein, kein Problem!« Sie lächelte wieder nervös, ging aber wenigstens ins Haus und ließ mich den Koffer die letzten Stufen hinauf und in den Flur wuchten. Ich schloss die Tür unserer Parterrewohnung auf. Drinnen pfiff James den Song *Great Marlborough Street*, an dem sie bei den Proben momentan arbeiteten. Sarah zuckte zusammen und machte einen Schritt rückwärts. Beinahe wäre sie über eine der Taschen gefallen und konnte sich gerade noch abfangen.

»Alles klar?«

»Kein Problem. Ich warte hier.«

»Jetzt komm einfach herein!« Langsam verlor ich dann doch ein wenig die Geduld. Was hatte sie nur? War sie traumatisiert vom Unfall? Lange zurückliegen konnte er nicht, da das Farbenspiel der Prellungen in ihrem Gesicht erst bei Rot war. Blau, Grün, Gelb und Braun hatte sie noch vor sich, die Ärmste! Mein Mitleid überwog, und ich ging in die nächste Runde, indem ich ihren Koffer in unsere Wohnung zog und auch die beiden Reisetaschen hereinholte. Zögerlich kam sie hinter mir her, blieb aber mit erschrockenem Gesichtsausdruck auf der Schwelle stehen.

Ich folgte ihrem Blick und sah James, der den Kopf aus der Küche streckte und über mich lachte. »Wie siehst du denn aus?«

»Bescheuert wie immer, wenn ich vom Friseur komme. Eigentlich soll sie nur unten drei Zentimeter abschneiden, aber sie föhnt sich danach immer etwas zurecht, mit dem ich echt nicht unter normale Leute kann. Nur um den Einheitspreis zu rechtfertigen.« Ich drehte mich zu Sarah. »Das ist übrigens James. Und das ist Sarah. Sie wartet hier, bis Sean nach Hause kommt.«

»Hi, Sarah!« James hob lässig die Hand und verschwand wieder in der Küche, die er pfeifend weiterputzte. Auf mich lauerten auch noch Staubsauger und Bodenwischer. Darrel hingegen hatte seinen Anteil am gemeinsamen samstäglichen Putzen, das Bad, bereits am Freitagabend erledigt, weil er heute arbeiten musste.

»Hi!«, antwortete Sarah, als sie sich von ihrem Schreck erholt hatte, und kam zögerlich herein. Endlich konnte ich die Wohnungstür, die bei uns direkt ins Wohnzimmer führte, wieder schließen.

»Setz dich!« Ich lächelte sie freundlich an und half ihr vorsichtig aus dem Mantel, um ihr nicht wehzutun.

Sie lächelte nervös zurück. »Danke! Ich kann stehen! Kein Problem.«

Ich deutete auf die Couch vor dem Erker. »Wenn du dich dort hinsetzt, kannst du den Eingang im Blick behalten und sehen, wenn Sean kommt.« Ha! War ich nicht genial?

Sie nahm brav Platz, was nun offensichtlich *kein Problem* mehr für sie war, und ich hängte ihren Mantel über eine Stuhllehne.

»Ich mache uns Tee!«, verkündete ich, ohne lange zu fragen, ob sie einen wollte, denn ich kannte ja bereits ihre Antwort auf alles.

In der Küche flüsterte James: »Wer ist das?«

»Keine Ahnung!«, antwortete ich ebenso leise. »Ich weiß nur, dass sie zu Sean will. Wenn sie eine Trickbetrügerin ist, muss sie besonders gerissen sein, denn so echt muss man das verschreckte Häschen erst einmal spielen können.«

»Da habe ich auch keine Bedenken. Setz dich zu ihr. Ich mache den Tee.«

»Danke! Nett von dir!«

»Die Rechnung lege ich dazu. Zahlbar ohne Abzug innerhalb von vierzehn Tagen.«

Ich setzte mich zu Sarah, die angestrengt aus dem linken Erkerfenster blickte. »Hattest du einen Unfall?«, fragte ich mehr aus Einfallslosigkeit als aus Neugier.

»Ja, ich bin gestern versehentlich ihn einen wütenden Ehemann gelaufen«, antwortete sie und sah weiter nach draußen, als hätte sie gerade lediglich über das Wetter geplaudert.

Ich war geschockt und schämte mich zutiefst für meinen ersten Eindruck von ihr. »Es tut mir sehr leid!« Mehr fiel mir in dem Moment nicht ein.

»Kein Problem.« Sie blickte weiterhin aus dem Fenster. »Die Ärztin meinte, ich solle ihn verlassen, bevor er mir nicht nur einen Arm verstaucht, sondern beide Arme bricht. Da hat sie natürlich recht.

Denn wer würde mir dann im Bad helfen? Er bestimmt nicht.« Sie lächelte bitter. »Ist das Sean?«

»Ja. Bleib hier. Ich sage ihm Bescheid und helfe dir mit dem Gepäck.« Ich stand erleichtert auf und ging ihm entgegen. Die Kaltblütigkeit, mit der sie mir das erzählt hatte, erschreckte mich. War sie traumatisiert und betrachtete sich und ihre Umstände aus einer schützenden Distanz? Oder hatte sie nur mit allem endgültig abgeschlossen?

Als ich die Haustür öffnete, hatte Sean gerade den Schlüssel ins Schloss stecken wollen und hielt ihn auf Schlüssellochhöhe in der Hand. Sein verdutztes Gesicht war fünf Pfund wert.

»Sarah ist hier«, begrüßte ich ihn.

»Sarah?«

»Sie sitzt bei uns mitsamt ihrem Gepäck. Du hast sie eingeladen?«

»Oh, Sarah!« Er schien sich zu freuen. »Ja, ich habe sie vor etwa zwei Jahren eingeladen. Schön, dass sie endlich gekommen ist.« Er ging an mir vorbei in unsere Wohnung.

»Tut mir leid. Ich war joggen«, sagte er zu ihr.

»Kein Problem«, antwortet Sarah und streckte ihm den bandagierten Arm entgegen. »Ich war boxen.«

Sean schnappte sich den riesigen Koffer und ich mir die Reisetaschen. Wir brachten das Gepäck zusammen mit seiner Besitzerin nach oben.

»Danke!«, sagte sie lächelnd. »Tut mir leid. Ich stehe heute ziemlich neben mir.«

»Kein Problem«, antwortete ich freundlich und ging zurück in unsere Wohnung. War die Formulierung ansteckend?

12

Dort brachte James gerade den Tee. »Zu spät!«, stellte er lapidar fest.

»Ja, das gibt kein Trinkgeld. Ihr Engländer lasst euer Gebräu auch definitiv zu lange ziehen für diese schnelllebige Zeit heutzutage.«

***

Socks zuckte bei Sarahs Anblick zusammen. Er wusste noch aus seiner Kindheit, wie ein Faustabdruck in einem zarten Frauengesicht aussah: Auf jeden Fall anders als der berühmte Türabdruck, der so oft verschämt als Ausrede präsentiert wurde.

Schämen sollte sich allein das Arschloch, das so etwas tut, dachte er, und bot Sarah den Stuhl zwischen Maggie und Lou an, auf dem Darrel normalerweise saß. Der brachte gerade den großen Topf aus der Küche und setzte sich wie selbstverständlich rechts neben Lou.

Als alle Platz genommen hatten und Maggie anfing, den Eintopf auf die Teller zu schöpfen, die weitergegeben wurden, erklärte Sean lediglich: »Das ist Sarah. Unsere Mütter waren Cousinen, und meine Großmutter war ihre Patin. Sie wird eine Weile in unserem Gästezimmer leben, bis sie hier Arbeit als Pflegerin und ein Zimmer im Schwesternwohnheim gefunden hat. Ich fange mal links an: Das sind Dylan und Socks, die im zweiten Stock wohnen, James und da drüben Darrel und Lou. Die drei wohnen hier.«

Alle sagten freundlich: »Hi!«

Sarah lächelte schüchtern.

Sean wechselte abrupt das Thema. »Versucht bitte, euch den ersten Samstag im Dezember freizunehmen. Oder zumindest ab Nachmittag. Gerry hat angerufen und uns die Bühne angeboten.«

»Er ruft dich an? Braucht er schnell Ersatz?«, fragte Dylan.

»Inzwischen hat sich eben herumgesprochen, dass uns keiner will und wir immer Zeit haben, um irgendwo einzuspringen«, erklärte Socks.

»Oder ihm ist langweilig, und er hat Sehnsucht nach einem Polizeieinsatz.« Darrel lächelte unschuldig.

»Jetzt im Winter kann er die Fenster geschlossen halten. Ich glaube, im Sommer treten wir da so schnell nicht mehr auf.« Sean wandte sich schmunzelnd an Sarah. »Die Rabauken und ich spielen in einer Band, und es gab in Gerrys Pub mal Beschwerden aus der Nachbarschaft, wir seien zu laut. Das waren aber gar nicht wir gewesen, sondern eine Gruppe Chaoten im Publikum, die ganz hinten im Takt Stühle auf den Boden gedonnert hatten.«

»Mehr oder weniger im Takt! Ich bin zwar kein guter Schlagzeuger, aber so mies hört sich mein Getrommel auch wieder nicht an. Will ich nur mal anmerken.« James zwinkerte Sarah zu, die schüchtern lächelte.

»Welche Instrumente spielt ihr anderen?«, fragte sie.

»Sean spielt Bassgitarre, Dylan Geige, Darrel Banjo«, erklärte Socks. »Dylan und Darrel singen zwar auch ab und zu ein bisschen mit, aber ansonsten führe ich sozusagen das große Wort, weil ich zu

14

dusselig bin, Gitarre und Mikrofonständer zu koordinieren. Zum Nachteil der Leute in den vorderen Reihen. Aber es gab weder Personen- noch Sachschäden. Nur viel Gelächter auf meine Kosten. Und es dauerte ein wenig, bis die Fieslinge das Mikrofon wieder herausrückten.«

»Man nutzte die Gelegenheit, eine gegnerische Fußballmannschaft zu beleidigen«, ergänzte Darrel. »Zum Glück waren deren Anhänger nicht anwesend, sonst hätten wir denen fairerweise auch eines geben müssen. Von wegen Chancengleichheit beim Pöbeln und so weiter.«

»Sean drehte ihnen ganz cool den Saft ab, und die Sache war vom Tisch.« Dylan lächelte Sarah freundlich an.

»Gehen wir nachher noch etwas trinken?«, fragte Socks.

»Wir drei Parterrelinge gehen heute ins Theater. Sorry!« James zuckte entschuldigend mit den Schultern, strahlte aber vor lauter Vorfreude. »Deshalb essen wir heute auch früher als sonst.«

»Igitt! Kultur!« Socks schüttelte sich angeekelt.

»Wenn wir so viele Bakterienkulturen in unserer Küche hätten wie ihr, bräuchten wir das auch nicht«, erklärte Lou mit Unschuldsmiene.

»Hast du Lust, etwas trinken zu gehen?«, wandte sich Sean an Sarah.

»Ja. Kein Problem.«

»Wir können uns auch hier ein bisschen zusammensetzen und Socks und Dylan allein losziehen lassen. Die finden bestimmt bald Gesellschaft.«

»Nein, kein Problem.« Sarah lächelte schüchtern.

»Ich will kein Spielverderber sein, aber wenn ihr ins Theater wollt, müsst ihr euch bald mal umziehen«, ermahnte Maggie die drei.

»Wieso? Wir stehen dort doch nicht auf der Bühne.« Darrel sammelte die Teller ein und brachte sie in die Küche.

»Ich muss gestehen, dass ich in London noch nie im Theater war«, gab Maggie kleinlaut zu. »Motzt man sich da nicht auf?«

»Doch! Ich habe extra meine besten Jeans angezogen. Das fällt bloß wieder keinem auf.« James markierte einen Weinkrampf.

»Sarah ist merkwürdig«, stellte Dylan am nächsten Morgen fest. Er stand in der Schlafanzughose und mit seinem Becher am Wohnzimmerfenster und pustete auf den Kaffee, bevor er vorsichtig einen kleinen Schluck nahm. Draußen regnete es in Strömen.

Socks probierte seinen Milchkaffee gar nicht erst, sondern ließ ihn in der Küche zum Abkühlen stehen. Stattdessen stürzte er kurzerhand ein volles Glas Leitungswasser die Kehle hinunter und setzte sich anschließend auf einen der Matratzenstapel. »Wieso?«

»Den ganzen Abend hörte sie lächelnd zu und sagte selbst keinen Ton.«

»Wie denn? Wir ließen sie ja nicht zu Wort kommen.«

»Wenn ich den Arm so dick bandagiert hätte, würde ich ständig Witze über den Unfall reißen.«

»Auch dann, wenn dich deine Partnerin krankenhausreif geschlagen hätte?«

»Was?«

»Nenn mir eine Unfallart, bei der man sich das linke Handgelenk verstaucht und das rechte Auge kreisrund stößt. Der Gegenstand muss noch erfunden werden, der sowas hinterlässt. Und warum sucht sie sich ausgerechnet am nächsten Tag Arbeit und Unterkunft?«

»Also flirten verboten?«

»Lass sie in Ruhe. Das Allerletzte, was sie momentan braucht, sind Typen wie wir.«

»Maggie würde uns ohnehin was husten.«

»Das kommt erschwerend hinzu.«

***

Darrel und Socks arbeiteten im Proberaum am Song *Great Marlborough Street*, der bei der Bandprobe anscheinend irgendwelche Zicken gemacht hatte, und dessen Intro laut Darrels Aussage nun so lange gewürgt werden musste, bis es freiwillig kapitulierte. Eigentlich hatte ich mir früher solche kreativen Prozesse als wesentlich sensiblere Momente vorgestellt, aber damals kannte ich auch Socks noch nicht.

Draußen trommelte der Regen gegen die Scheiben des Erkers. Drinnen hatten James und ich die Eckcouch für uns und lümmelten dort ganz bequem herum. Ich las zum gefühlt zehnten Mal *Northanger Abbey* und musste trotzdem ständig schmunzeln. Manche Bücher brauchte ich einfach einmal im Jahr für mein inneres Gleichgewicht. Er hatte sich ein Foto aus dem Internet ausgedruckt und arbeitete an einer Zeichnung des *Albert Memorials*, bei dem ein Blitz einschlug und die opulenten Verzierungen gleich brockenweise wegsprengte. Es hatte eben jeder so seine Hobbys.

Ich fühlte mich seit einer Weile beobachtet. »Sag mal, du zeichnest mich jetzt aber nicht, oder?«

»Eindeutig: *oder*.«

»Och, nö! Lass das!«

»Stell dich nicht so an und halt still! Sonst verpetze ich dich bei Darrel.«

»Der hat keine Zeit, deinen Klagen Gehör zu schenken. Er würgt gerade entweder einen Song oder Socks. So ganz habe ich das nicht verstanden.«

»Vermutlich in der Reihenfolge. Er wird die Zeichnung lieben! Du lächelst so amüsiert. Das muss ich unbedingt einfangen.«

»Fang lieber die Brocken des *Albert Memorials* ein, bevor sie hier noch durchs Zimmer fliegen und die Fenster zertrümmern.«

»Ja, es sieht nicht gut aus für die Scheiben der benachbarten *Royal Albert Hall*. Um diese Schadensdokumentation kümmere ich mich nachher.«

»Jetzt dokumentierst du erst einmal meine optischen Schäden?«

»Der einzige Schaden, den du hast, ist der in deinem Selbstwertgefühl, und den kann man nicht dokumentieren. Dafür reicht mein Skizzenbuch nicht. Ja, genau so musst du lächeln. Bleib so. Was machst du denn schon wieder? Nicht die Hand vor den Mund halten beim Lachen! Mann, du bist ja noch schwerer zu zeichnen als Socks!«

»Ich liege hier ganz still.«

»Ja, aber deine Mimik tanzt Polka. Lies weiter, grins dabei und stör mich nicht beim Arbeiten! Nein! Hör auf zu lachen! Lächeln sollst du, und nimm die Hand da weg! Dass man dir alles zweimal sagen muss!« Er mimte ein verzweifeltes Gesicht und wartete nur darauf, dass ich weiterlas. Ich drehte ihm den Rücken zu und nahm mir mein Buch wieder vor.

»Spielverderber!«

»Kümmere dich um die *Royal Albert Hall*. Die Versicherung erwartet morgen deinen ausführlichen Bericht.«

»Ich kann auch aus dem Gedächtnis zeichnen«, drohte er. »Ich warne dich! Das wird richtig übel!«

»Echt? Zeig mal!«

»Rutsch her.«

Ich setzte mich neben ihn und betrachtete staunend einen zerknitterten Drummer mit Hängebacken, der wild auf sein Schlagzeug eindrosch. Das war Lennard von Arthur's Wharf, wie er leibte und lebte. Auf der folgenden Seite stand er mit traurigem Gesicht und offener Hose da und hielt einen völlig überdimensionierten Knopf hoch.

Als Nächster war ein sichtlich gealterter Nick an der Reihe, der ein großes Stück vom Mikrofon abgebissen hatte und auf beiden Backen kaute. James hatte auf der Tour ganz offensichtlich viel Freizeit gehabt oder wenig geschlafen.

»Du bist ein Genie, James.« Ich sagte ihm das ganz ruhig und sachlich, weil er das immer nur als Hobby abtat.

»Und du hast wunderschöne Augen und ein umwerfendes Lächeln. Also lassen wir das Thema lieber, bevor wir uns den ganzen Nachmittag streiten, wer Unrecht hat.« Er lachte.

Ich blätterte weiter, und sein Lachen erstarb. Eine Bleistiftzeichnung im Querformat: Ein sanft lächelnder Andy im Bett, der den Kopf mit der rechten Hand abstützte und den linken Arm locker auf der Decke liegen hatte, die seine nackte Brust umspielte. Es war keine Karikatur. Andy hatte Modell gelegen.

James nahm mir das Skizzenbuch aus der Hand, schlug es zu und ging auf sein Zimmer.

Nun begriff ich, wen Dylan auf der Tour eines Nachts an Andys Zimmertür gesehen hatte. Hatte mir James die Zeichnung zeigen wollen, oder war es ein Versehen gewesen? Er musste doch wissen, dass sie an dieser Stelle zu finden war. Und eigentlich war nichts dabei. Wozu die Heimlichtuerei? Ich versuchte, mich wieder auf mein Buch zu konzentrieren, aber meine Gedanken schweiften ständig ab.

Nach einer Weile kam James zurück. »Darf ich an deinen Computer? Ich brauche die *Royal Albert Hall* für einen Meteoriteneinschlag und will die zwei im Proberaum nicht stören.«

»Gern! Ich habe aber keinen Drucker.«

»Macht nichts. Dann setze ich mich an den Schreibtisch.«

Ich wartete, bis der Rechner hochgefahren war und gab mein Passwort ein. Während er nach einem Foto suchte, nahm ich mir mein Buch vor, aber die Stimmung war dahin. Lustlos schlug ich es zu und sah mich in meinem Regal neben dem Schreibtisch nach einer anderen Lektüre um.

Ich zuckte zusammen, als James anfing zu erzählen: »In Sheffield haben Darrel, Andy und ich uns vor dem Hotel den Sternenhimmel angesehen.« Er starrte dabei auf die noch immer leere Seite seines Skizzenbuchs.

Ich setzte mich auf die Schreibtischkante und hörte ihm zu.

»Hier in London ist es dafür viel zu hell, aber dort am Stadtrand konnte man die Sterne erkennen. Darrel ging bald hinein, um dich anzurufen, aber wir blieben draußen auf dem Mäuerchen sitzen, bis ich mir fast den Hintern abfror. Wir rätselten, welche Sternbilder das waren, obwohl wir beide keinen blassen Schimmer hatten. Da erfanden wir einfach welche und gaben ihnen bescheuerte Namen. Das war alles. Die folgenden Nächte waren wir an verschiedenen Orten untergebracht und sahen uns nur im Vorbeigehen. Erst wieder in Newcastle waren wir im selben Hotel. Ich blieb nach unserer Rückkehr draußen stehen und schaute mir den Himmel an. Bescheuert! Er war komplett wolkenverhangen. Der Van mit Arthur's Wharf kam, Andy stieg aus und ging mit ihnen rein. Ich dachte, das war's, aber er kam kurz darauf zurück. Wir plauderten über dies und das. Er freute sich, dass es Darrel gut ging, und sagte ein paar nette Sachen über dich. Ich meinte, dass es sicher schön ist, wenn einen jemand nach so einem Gig einfach mal in den Arm nimmt, und er tat es. Er umarmte mich. So fing es an. Später gestand er mir, dass er bereits in Sheffield ein paar Umbuchungen veranlasst hatte, um so oft wie möglich bei uns im Bed & Breakfast statt bei Arthur's Wharf im Hotel einquartiert zu sein. Das hatte für die zwei Nächte vor Newcastle nur nicht mehr geklappt.«

»Seid ihr zusammen?« Schon während ich die Frage stellte, wurde mir klar, wie tief ich damit im Fettnapf stehen musste. Er war seither die ganzen Wochen entweder zu Hause, bei der Arbeit oder mit uns unterwegs gewesen und hatte auch nie länger telefoniert.

»Am Tag nach unserer Rückkehr rief er mich an, um mir mitzuteilen, dass er zu alt für mich sei und dass das alles ein Fehler gewesen sei. Und das war's.« James hatte Tränen in den Augen.

»Was hast du geantwortet?«

»Nicht viel. Ich war wie vor den Kopf geschlagen.«

»So alt ist er doch noch gar nicht.«

»Auf seiner Website fand ich seinen Lebenslauf. Er ist neununddreißig.«

»Und du?«

»Siebenundzwanzig.«

»Ruf ihn an und sag ihm, dass das Blödsinn ist.«

»Wenn du das so sagst, klingt es einfach.« Er sah mich an und lächelte bitter.

»Es ist einfach. Entweder tischt er dir dann eine neue Ausrede auf, oder es ist das, was er eigentlich von dir hören wollte. Nur weil er älter ist als du, ist er nicht automatisch selbstsicherer als du.«

»Ich habe seine Nummer nicht mehr. Ich habe sie gelöscht, um ihm besoffene Anrufe zu ersparen.«

»Mit Alkohol kann ich dir nicht dienen, aber ich habe seine Nummer noch gespeichert.«

»Woher hast du die?«

»Socks gab sie mir, damit mir Andy die Adresse des Hotels nennen konnte. Es ist wahrscheinlich seine Geschäftsnummer und nicht die private, aber er schaltet das Telefon sicherlich auch sonntags nicht aus. Probier's einfach.« Ich suchte auf meinem Mobiltelefon die Nummer heraus und hielt es James hin.

»Und was soll ich ihm sagen?«

»Dass du ihn vermisst und dass das Jahr auf deiner Geburtsurkunde nur ein Druckfehler ist.«

»Und dann?«

»Dann weißt du, woran du bist.«

»Vielleicht will ich das gar nicht wissen.«

»Nein, natürlich nicht. Du willst lieber mit Aquarellstiften halb London in Schutt und Asche legen.«

Er nahm zögerlich das Mobiltelefon, das ich ihm hinhielt. »Ich überlege es mir.«

»Gut.«

Er ging auf sein Zimmer, und ich nahm mir doch wieder *Northanger Abbey* vor. Für mein inneres Gleichgewicht.

Wenig später kam er zurück und drückte mir lächelnd mein Telefon in die Hand. Er hatte sich umgezogen und trug eine Jacke und Straßenschuhe. »Bleib nicht auf, Mum!«, rief er mir zu und schloss die Wohnungstür schwungvoll hinter sich.

Die *Royal Albert Hall* war noch einmal glimpflich davongekommen.

Etwas später kam Darrel strahlend zur Tür herein, zog mich von der Couch hoch und tanzte mit mir einen extrem schnellen Walzer durchs Wohnzimmer. Natürlich ging das schief, weil ich nie einen Tanzkurs besucht hatte, und wir landeten postwendend knutschend auf der Couch.

»Du kannst eindeutig besser küssen als tanzen«, stellte er kurz darauf sachlich fest.

»Wie geht es eurem Song?«

»Dem geht es gut. Erinnere mich bitte nachher daran, dass ich noch Socks' zerstückelte Leiche im Hinterhof verscharren muss. Momentan ist es dafür zu hell. Was würden die Nachbarn denken?«

»Hast du deine blutige Kleidung in die Brenntonne gesteckt?«

»Habe ich! Und sogar angezündet! Schließlich lernt man während fünfzehn Jahren Knast aus seinen Fehlern. Wo ist James?«

»Warum? Kann der besser tanzen als ich?«

»Sie antwortet ausweichend! Hat sie doch tatsächlich Geheimnisse vor mir! Und das mit anderen Männern!«

»Er ist heute den ganzen Abend unterwegs. Ich werde nachher mal anhand der Zutaten erraten, was er kochen wollte, oder einfach alles in den Topf werfen. Kommt auf dasselbe heraus.«

»Oh, sie macht mir die Hose auf! Da muss ich wohl ran an die Arbeit! Hat man in dem Haus denn nie seine Ruhe?«

»Das mache ich nur aus Langeweile. Was anderes fällt mir nicht ein bei dem blöden Wetter.«

»*Langweilen* nennt man das jetzt? Ich kenne mich nicht aus mit der Jugendsprache. Dann komm ins Bett und *langweile* mich um den Verstand!«

***

»Ist eigentlich bekannt, wo sich James herumtreibt?« Sean blickte im Proberaum fragend in die Runde.

»Nope! Aber Lou scheint es bekannt zu sein«, antwortete Darrel und nahm das Banjo aus dem Koffer. »Versuchen wir es heute zur Abwechslung mal ohne Schlagzeug.«

»Wie? Der kommt gar nicht?« Dylan stimmte gerade seine Geige und machte ein verdutztes Gesicht.

»Kein Problem! Ich kann klatschen!« Socks patschte wie ein Kleinkind die Hände gegeneinander und grinste dümmlich.

»Mag ja sein, dass du klatschen kannst, aber du musst auch den Takt halten.« Sean lachte.

»Wenn ich klatsche, kann ich nicht auch noch etwas halten. Ich habe nur zwei Hände.«

»Moment! Ich habe da doch noch ein Stück aus meiner Kindheit!« Sean verschwand in dem kleinen Raum, in dem der Computer stand, zog nacheinander verschiedene Kartons aus dem Regal und öffnete sie.

»Hilfe! Opa holt die alten Andenken heraus und erzählt vom Krieg!« Socks patschte sich beide Hände zur Abwechslung an die Stirn.

»Wir können doch einfach alle mit den Füßen wippen«, schlug Darrel vor.

»Fünf kleine Musiker, die wollten üben hier«, sang Socks. »Der eine hat was Bessres vor. Da waren's nur noch vier. Vier kleine Musiker, die hatten keinen Takt. Der eine wühlt im Schrank herum. Da war'n drei abgefuckt.«

»Wo nimmst du nur all diese Poesie her?«, fragte Dylan.

Socks zeigte auf seine Stirn. »Die ist da drin und will raus!«

»Du meinst, sie rennt schreiend davon?«

Darrel sang: »Drei kleinen Musikern war es doch einerlei, dass einen quält der Sockenschuss. Normal waren nur zwei.«

»Zwei?«, fragte Dylan. »Bist du sicher? Ich fühle mich gerade sehr einsam unter lauter Verrückten. Kein Wunder, dass James das Weite gesucht hat! Ich kann es ihm nicht verübeln und bin nur sauer, dass er mich zurücklässt.«

»So einsam wie der Typ auf dem Motorway, der sich über die vielen Geisterfahrer wundert?«, fragte ihn Socks.

»Eigentlich wollte ich immer mal wissen, wie das eigentlich abläuft, wenn ihr zusammen Songs schreibt. Aber jetzt, wo ich es weiß, bin ich irgendwie desillusioniert!« Dylan blickte traurig zu Boden und grinste.

»Das ist einfach«, erklärte Socks. »Ich singe Darrel so lange eine Melodie vor, bis er entnervt aufgibt und sich eine bessere ausdenkt. Deshalb müssen wir dabei allein sein. Wenn er von irgendeiner Seite Hilfe erwarten könnte, würde das den kreativen Prozess in seinem Hirn behindern. Erst die völlige Verzweiflung und Ausweglosigkeit setzt den in Gang.«

»Der singt manchmal Töne … Die gibt's gar nicht!«, ergänzte Darrel und lachte, als Sean ihm stolz ein mechanisches Metronom vor die Nase hielt.

»Was ist denn das für ein antikes Duschradio?«, fragte Socks.

»Du wirst gleich sehen, was das ist!« Sean setzte das Pendel in Bewegung.

»Ah! Es tickt! Eine Bombe! Wir werden alle sterben!« Socks hielt sich die Augen zu und wiegte sich hin und her.

Dylan betrachtete fasziniert das Metronom. »Wenn ich die entschärfen will, muss ich dann den roten oder den blauen Draht zuerst durchknipsen?«

»Am besten beide gleichzeitig«, schlug Sean vor. »Mal ehrlich! Da geben sie Unsummen für Hollywoodfilme aus und haben kein Geld, um dem Hauptdarsteller einfach zwei Kneifzangen in die Hände zu drücken?«

»Passt das eigentlich in Socks' Mund?«, fragte Darrel und hielt das Metronom neben Socks' Gesicht.

»Ah, das Ticken kommt näher! Hilfe!«, schrie der.

»Längs oder quer?«, wollte Dylan wissen.

»Wenn schon, dann quer«, meinte Darrel.

»Probier's aus. Dann weißt du's«, antwortete Sean.

27

»Keine Messerstechereien im Proberaum!«, äffte Dylan Sean nach.

Doch der erwiderte: »Stimmt! Aber man muss auch mal eine Ausnahme machen.«

Das Metronom erwies sich jedoch als ungeeignet für ihre Zwecke, und sie griffen auf Darrels Vorschlag zurück, synchron mit den Füßen zu wippen.

Dylan spielte das flotte Intro, begleitet von Sean. Darrel stieg an der richtigen Stelle ein. Socks sang die erste Strophe und brach ab, als seine Bandkollegen ausstiegen und ihn verwundert ansahen.

»Socks!«, rief Dylan streng.

»Man ruft mich. Hier bin ich!« Socks blickte schuldbewusst auf seine Schuhe.

»In welcher imaginären Band singst du gerade?«, fragte Darrel vorsichtig. »Da wir zufällig auch hier sind, könntest du eigentlich bei uns mitmachen. Oder was meinst du?«

Socks lachte verschämt. »Sorry! Ich war gerade mit den Gedanken woanders.«

»Du bist eben in allen Lebensbereichen taktlos. Das ist wenigstens konsequent«, stellte Dylan fest.

***

Da James nicht hier war, hatte ich kurzerhand das Kochen übernommen. Wir tauschten häufig hin und her, wenn Maggie oder ich länger arbeiten mussten. Deshalb trugen wir uns immer nur ein paar Tage im Voraus in den Plan an der Küchentür ein und zählten ab und zu mal nach, wie oft jeder in letzter Zeit an der Reihe gewesen war, damit

Maggie sich nicht ständig zu Unrecht in Zugzwang fühlte. Manchmal fragte ich mich, ob es ihr überhaupt jemals aufgefallen wäre, wenn wir anderen den Küchendienst klammheimlich eingestellt hätten.

Sarah war beim Essen sehr still, schien aber bei unserem üblichen sinnlosen Geplänkel interessiert zuzuhören und lächelte viel.

Für mich war es unvorstellbar, mehrere Jahre lang mit einem Partner zusammenzuleben, der mich misshandelte. Doch andererseits war mir bewusst, wie schnell man aus Liebe in etwas hineinrutschen konnte. Vielleicht hatte ich mit meiner Beziehung lediglich mehr Glück als sie.

Darrel war der Typ, der schweigend meine Nähe suchte, wenn er nervös war, und sich kurz zurückzog, wenn er wütend oder traurig war. Nur wenn er dabei extrem in die Enge getrieben wurde, teilte er verbal aus. Da ich ihn aber in Ruhe ließ, wenn er für sich sein wollte, und darauf vertraute, dass er bald von sich aus wieder Kontakt aufnahm, war das zwischen uns noch nie vorgekommen. Handgreiflich schien er nie zu werden. Kleine Rangeleien fanden immer nur zum Spaß statt, wenn uns beiden danach war, und überschritten nie die Grenze, an der aus Spaß Ernst wird.

Ich konnte verstehen, dass man bereit war, vieles zu verzeihen, wenn man einen Menschen wirklich liebte. Dennoch gab es bei mir diese Grenze, die niemand verletzen durfte. Sarahs Mann hatte sie bei ihr überschritten. Vermutlich nicht nur jetzt, sondern schon damals, als Sean die Einladung ausgesprochen hatte.

Ich bewunderte an Sarah, dass sie den Schritt geschafft hatte. Jeder ist das Produkt seiner Wesenszüge und seiner Erziehung. Nur weil sich eine Frau mehr gefallen ließ als ich, bestand für mich kein Grund, auf sie herabzusehen. Gerade für sie musste es viel schwerer sein als für mich, sich aus einer schier ausweglosen Situation zu befreien und den Neubeginn zu wagen.

Nach dem Abendessen zogen sich die anwesenden Bandmitglieder in den Proberaum zurück, und Maggie lud mich ein, mit ihr und Sarah Cluedo zu spielen. Mein Einwand, dass ich das Spiel nicht kannte, ließ sie nicht gelten. Nachdem sie vergeblich versucht hatte, mir die Regeln zu erklären, las ich mir kurzerhand die Anleitung durch, was viel schneller und effektiver war.

Natürlich machte ich viele Anfängerfehler, aber die zwei routinierten Spielerinnen zeigten großzügig Nachsicht und schienen froh zu sein, eine dritte Mitspielerin gefunden zu haben. Vielleicht hätte ich mich absichtlich noch dämlicher anstellen sollen, denn mir schwante, dass ich nun in Zukunft häufiger zum Spieleabend eingeladen werden würde.

Obwohl wir den ganzen Abend miteinander verbracht hatten, war mir Sarah am Ende noch genauso fremd wie bei ihrer Ankunft. Aber das störte mich nicht. Vielleicht waren solche Unternehmungen genau die Ablenkung, die sie brauchte. Ein kleines Stückchen Normalität im Chaos.

2. Stippvisiten

W ohnt James eigentlich noch hier?«, fragte Socks gespielt harmlos am Mittwoch beim Abendessen. So ganz unberechtigt war die Frage nicht, weil der Stuhl seit Sonntagabend bei jeder Mahlzeit leer geblieben war.

»James? Welcher James?« Darrel machte ein erstauntes Gesicht.

»Na, der Typ, der hinter uns immer diesen abartigen Lärm veranstaltet, wenn wir gemütlich auf der Bühne stehen.«

»Ach, der James! Ja, ich erinnere mich. Und der wohnte mal hier? Weiß ich gar nicht mehr.« Darrel zog die Stirn in Falten und schien angestrengt nachzudenken.

Sarah lächelte und beugte sich gespannt vor, um sein Mienenspiel nicht zu verpassen.

»James? Den nennen wir doch seit Jahren Dylan!«, klinkte sich Sean in die Diskussion ein.

»Ich heiße James? Echt? Stimmt! Jetzt, wo du es erwähnst …« Dylan machte ein erstauntes Gesicht. »Vielleicht sollte ich in Zukunft lieber nicht mehr sofort auflegen, wenn mein Chef anruft und mich James nennt.«

»Ich weiß ja nicht, wie der Typ heißt, der hier ab und zu durch die Wohnung düst und sich frische Klamotten zusammenpackt, aber wenn ihr den meint, dann scheint der hier tatsächlich auf geheimnisvolle Weise zu wohnen. Ob das James ist, kann ich auf die Schnelle leider nie erkennen.« Lou lächelte fröhlich und ließ sich von Maggie als Letzte einen Nachschlag geben.

»Ja, manchmal verblasst so ein Gesicht auch langsam in der Erinnerung!«, pflichtete ihr Socks bei.

»Ich will kein Spielverderber sein und möchte auch gar keine Details hören, aber weiß irgendjemand von euch tatsächlich, wo er sich aufhält?«, fragte Maggie ernst. »Nur für den Fall, dass wir ihn wirklich mal kurzfristig kontaktieren müssen.«

»Für solche und ähnliche Zwecke hat er ein Mobiltelefon.« Sean tätschelte ihr beruhigend die Hand.

»Trotzdem«, beharrte sie.

»Ja, ich, Maggie. Mach dir keinen Kopf.« Lou löffelte stillvergnügt ihren Eintopf und kümmerte sich nicht um die neugierigen Blicke.

»Schau mich nicht an!«, sagte Darrel, als Socks ihn ins Visier nahm. »Ich weiß es nicht. Lou und ich reden nicht mehr miteinander. Dafür sind wir einfach schon zu lange zusammen.«

»Zumindest kennen wir nun das Geheimnis eurer glücklichen Beziehung!«, stellte Socks fest. »Das ist auch was wert.« Zu spät fiel ihm ein, dass solche Anspielungen für Sarah eventuell unangenehm sein konnten. Socks sah verstohlen zu ihr hinüber. Doch sie saß schweigend da und lächelte. Ihre Augen schienen sogar mitzulächeln.

»Was machen wir, wenn James noch mehr Bandproben ausfallen lässt?«, fragte Dylan, als er später am Abend kopfschüttelnd durch die Fernsehkanäle zappte.

»Eine Annonce aufgeben: Durchgeknallte Band sucht leidensfähigen Drummer als Ersatz für leidenschaftlichen Liebhaber Formerly Known As Drummer!« Socks blickte gelangweilt auf den Bildschirm und fragte sich, wer sich diesen Mist wohl brav jeden Abend reinzog.

»Ich glaube, ich mache aus. Oder war für dich etwas dabei?«

»He! Keine Beleidigungen!«

»Und wenn sich Lennard auf deine Annonce meldet?« Dylan grinste.

»Der ist doch mit Arthur's Wharf ausgelastet. Eine zweite Band verkraftet seine Leber nicht.«

»Wusstest du das nicht? Die legen eine kreative Pause ein, steht auf ihrer Website.«

»Nennt man den Entzug jetzt so?«

»Du redest schon wie Sean.« Dylan lachte.

»Im Nachhinein fand ich die ganze Aktion genauso unangenehm wie er. Denen aus nächster Nähe bei der grundlosen Selbstdemontage zuzusehen, ging mir an die Nieren. Dass ich am Anfang sogar mitgesoffen habe, ist mir heute noch peinlich!«

»Die schienen aber Spaß dabei zu haben«, gab Dylan ernsthaft zu bedenken.

»Wenn man sonst nichts hat im Leben …« Socks drehte sich auf den Rücken und betrachtete die Risse an der Decke.

»Aber mal im Ernst: Was machen wir, wenn James aussteigt? Der scheint hier ja nicht einmal mehr zu wohnen.«

»Quatsch! Der hängt lediglich die meiste Zeit bei seinem neuen Freund herum. Ist doch normal, wenn man frisch verliebt ist. Beim Eintopfessen besteht keine Anwesenheitspflicht, und bisher hat er eine einzige Probe verpasst. Drama! Katastrophe! Warten wir ab, ob er morgen kommt, bevor wir jammern und wehklagen.«

»Ich würde ihn vermissen.«

»Ich würde jeden von euch vermissen. Für mich ist das jetzt *die Band*! Mit euch will ich alt werden. Das Hin und Her davor kann ich im Nachhinein nicht mehr ernstnehmen.«

»Meinst du, Arthur's Wharf lösen sich auf?«

»Was kratzt es dich?«

»Na, hör mal! Wäre doch toll, wenn wir bei der nächsten Tour wieder dabei sein könnten!«

»Nur über meine Leiche! Was haben sie dir denn heute in den Eintopf getan?« Socks sah Dylan erstaunt an.

Der erwiderte den Blick. »Was hat dich an der Tour gestört?«

»Alles! Das ungezogene Publikum, die Unterbringung, die Bezahlung …«

»Das ist doch nur der Anfang!«

»Ja, das war der Anfang! Beim nächsten Mal bewerfen sie uns mit Eiern, und man lässt uns dafür bezahlen, dass wir mitmachen dürfen. Und selbst das ist noch steigerungsfähig!«

»Ich habe gehofft, dass Andy uns unter Vertrag nimmt.«

»Ja, wir anderen auch. Aber Darrel und ich haben uns letztens darüber unterhalten und sind uns nicht sicher, ob uns das wirklich Vorteile bringen würde.«

»Hä?«

»Überleg doch mal: Wir machen das momentan als Hobby. Entweder bekommt Andy ab sofort Prozente von unseren lächerlichen Hobbyeinnahmen, oder wir müssen unsere Jobs aufgeben, alles mitnehmen, was nur kommt, und er erhält Prozente von unseren gesamten Einnahmen.«

»Klingt für mich wie eine Win-Win-Situation.«

»Wie soll ich das jetzt sagen, ohne dir auf den Schlips zu treten?«

»Du meinst, für die anderen, die mehr verdienen als ich, wäre es ein herber Verlust?«

»Exakt.«

»Ich Idiot habe noch nie darüber nachgedacht.«

»Tröste dich! Ich Idiot auch nicht.«

»Hilft nichts! Wir brauchen dringend reiche Ehefrauen!«

»Vielleicht sollten wir diesbezüglich zuerst annoncieren und wegen James noch etwas warten.«

»Ich dachte mir, wir machen heute im Proberaum mal einen Tag der offenen Tür!«, verkündete Sean am Donnerstag fröhlich und schob Sarah geradezu durch den Eingang.

Sie stellte sich neben dem Türrahmen an die Wand, hielt mit der rechten Hand den Verband der linken fest umklammert und schaute verunsichert vor sich auf den Boden.

Was soll der Blödsinn! Sieht doch jeder, dass sie sich hier unwohl fühlt!, dachte Socks und war sauer auf Maggie, die Sarah mit sanfter Gewalt zur Bank schob, die an der Schmalseite des Proberaums extra für die seltenen Besucher aufgestellt war.

»Kommt Lou auch?«, fragte er Darrel leise, der völlig entgeistert mit den Schultern zuckte und »Keine Ahnung!« flüsterte.

»Dann hol sie mal. Wenn hier schon die Tür offen ist, dann aber für alle!«

Darrel legte sein Banjo weg, sprintete los und stieß fast mit seinem WG-Genossen zusammen, der gerade hereinkam.

»Wer sind denn Sie, Sir?«, rief er James fröhlich zu und schlängelte sich an ihm vorbei.

»Hi!«, sagte der in die Runde und setzte sich auf seinen Hocker.

»Schön, dass du da bist!« Sean lächelte James freundlich zu. »Wir haben heute Zuschauer.« Er stutzte. »Wo ist jetzt Darrel hin? Ich glaube, ich lege mir einen Hütehund zu!«

»Den habe ich hochgeschickt, damit er Lou holt«, meinte Socks und sah Sean schräg an.

»Oh! Die habe ich ganz vergessen!« Maggie blickte schuldbewusst.

»Seit wann vergisst du etwas?«, fragte Sean erstaunt.

Lou brachte ihr Strickzeug mit und setzte sich neben Sarah.

»Das ist aber schön!«, sagte diese. Sie betrachtete das grau-blau-melierte Werk neugierig.

»Danke!« Lou lächelte und begann zu stricken.

Darrel hängte sich das Banjo um.

James legte los.

Ich komme mir hier vor wie im Zoo!, dachte Socks. *Die hätten wenigstens mal fragen können, ob uns anderen das recht ist. Lou kommt auch nicht einfach so zu den Proben. Dabei hat sie zumindest bei zwei Texten mitgeschrieben und gehört damit streng genommen zur Band.*

»Guten Morgen, Socks! Aufstehen! Du musst zur Arbeit!«, rief Darrel.

Mist! Einsatz verpasst! »Sorry!« Socks lächelte jungenhaft.

»James und Darrel sind jetzt da; dafür ist Socks geistig abwesend!«, kommentierte Dylan den Patzer.

»Ich kann gern wieder gehen. Kein Problem.«, schlug Sarah vor.

Maggie widersprach heftig, aber als Lou angestrengt lächelnd eine Partie Cluedo vorschlug, gab sie nach, und das Damentrio verabschiedete sich.

Socks atmete erleichtert auf. *Tapferes Mädchen!*, dachte er, als Lou an ihm vorbeiging. *Du hättest viel lieber oben gestrickt, und nun musst du dir diesen Mist antun, auf den du überhaupt keinen Bock hast, wie man dir deutlich ansehen kann.* Dann kam ihm die Erkenntnis, dass er ihr das eingebrockt hatte.

***

Darrel weckte mich am Samstagmorgen mit einem sanften Kuss auf die Wange und pustete mir, um mich zu necken, anschließend ins Ohr, was mir immer einen Schauer über den Rücken jagte. Ich lag halb auf dem Bauch und drehte mich verschlafen zu ihm um. »Wenn ich nicht so müde wäre, würde ich dich jetzt durch die Wohnung jagen, du frecher Kerl!«

»Das war ich nicht. Das war der Wind«, behauptete er dreist und küsste mich auf den Mund. »Übrigens: Erschrick nicht. Wie sind hier heute Morgen zu viert.«

»Hm?«

»Ich dachte, ich sage dir das lieber, bevor du mich in deinem süßen Nichts von Nachthemd durch die Wohnung jagst. Andererseits interessiert das die beiden Gentlemen sicherlich nicht besonders. Die haben nur Augen füreinander. Also tu dir keinen Zwang an.«

»Andy ist hier?«, fragte ich verschlafen.

»Ja. Aber wenn es zwei Klempner wären, die den Küchenabfluss reparieren müssten, hättest du dich jetzt ganz übel verplappert, und James wäre stinksauer auf dich.« Er schenkte mir sein Verstandkillerlächeln und ich hätte ihn so gern dabehalten, aber die silbergraue Krawatte, die ich durch meine noch halb geschlossenen Augen erspähte, verriet mir, dass er auf dem Weg zur Arbeit war. Vor Weihnachten herrschte Hochbetrieb, und er musste momentan jeden Samstag mehrere Stunden lang antreten.

»Bis heute Nachmittag!«, verabschiedeter er sich und küsste mich.

»Bis dann!«

Langsam bekam ich die Augen auf, und auch mein Hirn machte erste, vorsichtige Gehversuche. Seit wann waren James und Andy hier? Waren sie etwa schon in James' Zimmer gewesen, als Darrel und ich gestern Nacht, nach unserer Rückkehr aus dem Pub, einander bereits im Wohnzimmer halb ausgezogen hatten? Ich musste bei dem Gedanken daran leise kichern. Wäre das peinlich gewesen, wenn sie hereingeplatzt wären!

Während ich noch grübelte, ob ich danach eigentlich laut gewesen war, zog ich mir den Morgenmantel über und ging ins Bad.

Hinterher beim Anziehen konnte ich klarer denken. Warum machte ich mir überhaupt einen Kopf? War nicht ich es gewesen, die den Altersunterschied so lässig gesehen hatte? Andy war vom Wesen her jung. Und darauf kam es an! Manche waren mit vierzig locker-flockig und andere schon mit zwanzig mentale Tattergreise.

James war noch beim Frühstück. An Wochenenden gab es bei ihm stets ein *Full English Breakfast,* bei dessen Anblick sich mir immer sämtliche Nackenhaare sträubten.

Andy saß mit geleerter Porridgeschüssel daneben und sah ihm belustigt lächelnd zu. Als er mich sah, stand er höflich auf, was ich noch nicht allzu oft erlebt hatte, und wünschte mir einen guten Morgen.

James schaute deshalb mindestens so überrascht wie ich und hob nur lässig die Hand in meine Richtung, während er weiterkaute.

Ich grüßte freundlich: »Guten Morgen! Bleib in Zukunft bitte sitzen, Andy. Damit fangen wir gar nicht erst an, ja?«

»Okay!« Er lachte verlegen. »Ich hoffe, meine Anwesenheit hat dich nicht erschreckt.«

»Das Einzige, was die Frau hier erschreckt, ist mein Tellerinhalt!«, erklärte James fröhlich zwinkernd. »Schau, Lou, ich habe dir extra ein Würstchen übriggelassen!«

»Oh, und ich hätte heute viel lieber eine Lammniere auf nüchternen Magen!«

»Sorry, aber auch meine kulinarische Unerschrockenheit kennt Grenzen! Ich werde deine Wünsche nächsten Samstag berücksichtigen.«

»Zum Glück hast du das bis dahin wieder vergessen.« Ich nahm Andys leere Schüssel mit in die Küche, und kochte mir einen grünen Tee.

Als ich mit dampfendem Becher zurückkam, kam James gerade mit einem vollen Wäschekorb zur Tür herein. Sie waren wohl wirklich bereits gestern Abend eingetroffen, denn die Sachen sahen sauber und trocken aus.

»Ach, diesem Umstand verdanken wir die Ehre deines Besuchs!« Ich lachte.

»Langsam gehen mir die Klamotten aus«, erklärte er. »Wir werden jetzt auch so mal öfter hier sein.«

»Wenn euch das nicht stört«, ergänzte Andy verlegen.

»Du hast das gleiche Recht, dich in dieser Wohnung aufzuhalten, wie ich«, sagte ich verblüfft.

»Ja, genau, Lou! Was willst du hier eigentlich?«, fragte James frech grinsend. Ich hatte ihn seit Wochen nicht mehr so aufgedreht erlebt.

»Die Tür hinter dir richtig schließen«, antwortete ich und ging an ihm vorbei zum Wohnungseingang.

»Okay. Dann darfst du bleiben!«

»Herzlichen Dank. Das ist sehr großzügig! Hat Darrel da auch ein Wörtchen mitzureden, oder entscheidest du das allein, und er muss es notgedrungen weiter mit mir aushalten?«

»Was ich sage, gilt. Es wäre ja noch schöner, wenn wir hier auch noch Demokratie, Selbstbestimmung und solchen Quatsch einführen würden!«

»Super! Zum Dank räume ich deinen Teller in die Küche und putze heute allein. Der Dreck stammt ja ohnehin diese Woche ausschließlich von uns. Abgesehen von der Joggingspur in dein Zimmer. Aber die hat es bestimmt gleich weggeweht – so eilig, wie du es immer hattest.«

»Hey! Danke! Ich werde dich wohlwollend in meinem Testament erwähnen, aber erben werden natürlich andere.«

Während James seine Sachen wegräumte, nahm ich das Geschirr und meinen Tee mit in die Küche und fing an zu putzen. Andy lehnte neben mir am Türrahmen.

»Ich überlege die ganze Zeit, wie ich das am besten formuliere …« fing er an.

»Dann lass es doch einfach. Zu viel denken ist ungesund.« Ich zwinkerte ihm zu.

»Okay!« Er lachte verlegen. »Ich war jedenfalls sehr überrascht, als ich deine Nummer auf dem Display sah.«

»Ja, ich wollte unbedingt mal wieder mit dir frühstücken, weil ich das auf der Tour so toll gefunden hatte. James schickte ich nur vor, weil ich mir auf diese Weise bessere Chancen ausrechnete.«

»Geht ihr hier immer so miteinander um?«

»Ja, das macht Spaß. Probiere es auch mal.«

»Ich gebe mir Mühe.«

»Gute Einstellung!« Ich zeigte ihm mit der Hand im Gummihandschuh den Daumen nach oben.

Spüle und Herd waren sauber. Nun wischte ich die Arbeitsflächen. Aus den Augenwinkeln sah ich, dass er noch immer dort stand und an seiner Unterlippe nagte. Ich drehte mich zu ihm, lehnte mich an die Küchenzeile und lächelte ihn freundlich an.

»Ich bin dir im Weg«, stellte er fest.

»Nein, aber ich glaube, du stehst dir gerade selbst im Weg.« Ich trank vorsichtig einen Schluck Tee und sah ihm über den Rand der Tasse hinweg an.

Er hielt den Blick gesenkt. »Weißt du, ich habe bisher immer Beruf und Privatleben strikt getrennt. Und nun vermischt sich das plötzlich.«

»Sag ihnen, dass du nicht beruflich die Band, sondern privat James beobachtet hast. Sie werden es verstehen und nichts von dir erwarten.«

»Als männliches Groupie?«

Wir sahen einander in die Augen und lachten.

Die beiden verabschiedeten sich bald darauf, und ich holte den Staubsauger. Während ich fleißig mit dem störrischen Schlauch kämpfte, fiel mir das Klischee ein, dass glückliche Frauen nichts Besseres zu tun haben, als andere zu verkuppeln. Ich musste über mich selbst kichern. Ein Punkt auf der Liste schien abgehakt zu sein.

Wen sollte ich mir als Nächsten vornehmen? Socks? Hoffnungsloser Fall! Für ihn sprach, dass er umwerfend aussah. Gegen ihn sprach, dass er das wusste. Dylan? Der sah auch gut aus mit seinen halblangen, blonden Haaren und den blauen Augen. Selbst stand ich nicht so auf muskulöse Oberkörper, aber viele flogen sicher geradezu darauf.

Ich kam zu dem Schluss, dass die beiden ganz bestimmt keine Hilfe brauchten und absichtlich solo waren.

Bei der Vorstellung, wie ich für die zwei Casanovas Blind Dates mit den Julias dieser Welt arrangieren würde, kam ich aus dem Schmunzeln nicht mehr heraus. Diese beiden Gentlemen sorgten am folgenden Tag sicherlich nicht dafür, dass das Mobilfunknetz zusammenbrach.

Grinsend putze ich unseren Anteil am Treppenhaus und zusätzlich das Bad, damit Darrel das nicht noch zu machen brauchte, wenn er nach Hause kam.

Nach dem Lunch, den ich am Schreibtisch einnahm, um nebenher im Internet einen Artikel über eine aktuelle archäologische Ausgrabung lesen zu können, zog ich los, um mir ein paar neue Halbschuhe zu kaufen. Seit ich in London lebte, war ich unheimlich viel zu Fuß unterwegs, was einerseits praktisch war, weil mir Sport nicht lag, andererseits aber ordentlich Sohlen verschlang. Weil ich kaum Stauraum hatte, besaß ich ausschließlich schwarze Schuhe, die zu all meinen tristen Klamotten passten.

Nachdem ich nach vier Fehlversuchen ein bequemes Paar gefunden hatte, sah ich mich noch in der Damenabteilung des Grauens um und entdeckte natürlich nichts für meinen schlichten Geschmack.

Als ich nach Hause kam, saßen Darrel, James und Andy auf der Couch und tranken Tee. Darrel schenkte mir sein Verstandkillerlächeln, stand auf und gab mir zur Begrüßung einen innigen Kuss. Zu den beiden sagte er mit Leidensmiene: »Sie hat das Bad geputzt. Da muss ich sie küssen. Geht leider nicht anders.«

»Ich war gerade in der Stimmung, die ganze Welt zu umarmen. Da blieb für dich zufällig auch ein bisschen Wohlwollen übrig«, erklärte ich und stibitzte auf dem Weg in die Küche einen Keks. So oft es nur ging, mied ich den üblichen schwarzen Tee wie der Teufel das Weihwasser und machte mir lieber einen grünen.

»Jetzt mischt sie sich wieder heimlich ihren giftgrünen Hexentrank und meint, wir merken es nicht!«, rief James.

»Lass sie doch! Solange sie ihre Zauberkräfte ans Bad verschwendet, sind wir in Sicherheit!«, brüllte Darrel aus vollen Lungen gegen den Lärm des Wasserkochers an.

Ich schaltete den Kocher aus und brühte den Tee auf. »Ich bitte dich, du holder Sterblicher, sing noch einmal! Mein Ohr ist ganz verliebt in deine Melodie«, zitierte ich grinsend und setzte mich mit dem Teebecher in der Hand neben Darrel in die Couchecke.

James zog die Augenbrauen hoch. »Quelle?«

»Shakespeare?«, fragte Darrel.

»Das sagt, wenn ich mich nicht irre, Titania im Sommernachtstraum.« Andy zwinkerte mir zu und lachte.

»… zu dem in einen Esel verwandelten Handwerker«, ergänzte ich und stellte schnell den Becher auf dem Couchtischchen ab, weil Darrel anfing, mich zur Strafe zu kitzeln.

»Wenn man dich so schreien hört, mag man kaum glauben, dass du in der Band auch zweite Stimme singst«, japste ich und versuchte, so gut es ging, mich zu wehren.

»Socks hat zwar manchmal Probleme mit dem Timing, aber er klingt erheblich besser als unser Wasserkocher«, stellte Darrel klar.

»Ich werde es ihm ausrichten. Da fühlt er sich bestimmt geschmeichelt.« Ich kicherte hemmungslos, zog die Beine eng an den Körper, um mich etwas zu schützen.

»Wenn du das Passwort sagst, hör ich auf zu kitzeln.«

»Welches Passwort? Wir haben keines vereinbart!«

»Selbst schuld! Dann kitzle ich weiter, bis du das errätst, das ich mir eben ausgedacht habe.«

»Ist das jugendfrei?«

»Ab sechzehn.«

»Er meint sicher das von deinem Computer. Andy findet, wir müssen unsere Website besser pflegen«, erläuterte James und zwinkerte mir zu.

»Wie soll ich das machen ohne Inhalte?«, keuchte ich vor Lachen. »Und wie erst, wenn ich gleich ersticke?«

»Das ist ein Argument!« Darrel hörte auf und streichelte mir stattdessen die Wange. »Wir brauchen Lou doch noch für die Website. Das war mir eben völlig entfallen.«

»Ja, wir fotografieren sie als Bandmaskottchen«, schlug James vor.

»Nur über meine Leiche!«, rief ich.

»Okay. Also muss ich dich doch totkitzeln?«, fragte Darrel scheinheilig.

»Ich als euer einziges männliches Groupie finde auf eurer Seite null Information über James«, erklärte Andy und fügte mit Fistelstimme und klappernden Augenlidern hinzu: »Den ich von euch allen am süßesten finde.« Er sprach normal weiter: »Damit verschenkt ihr eure Möglichkeiten. Ihr müsst dort keinen Seelenstriptease hinlegen, aber man sollte zumindest auf einen Blick erkennen können, wer von euch wer ist.«

»Wir haben mehr zu verbergen als zu erzählen«, wandte Darrel ein, und ich ergriff instinktiv seine Hand.

»Das geht vielen so, macht aber nichts, weil sich eure Fans schlicht für alles interessieren. Denen sind Anekdoten ohnehin lieber als irgendwelche langweiligen Fakten.«

»Wir haben keine Fans«, sagte James lachend.

»Und wer sind die Leute, die immer johlen, sobald Socks auf die Bühne kommt und sie angrinst? Ihr müsst eure Auftritte so früh wie möglich ankündigen. Dafür sind soziale Netzwerke bestens geeignet.«

»Wir sollen ins Fratzenbuch?« James verzog angewidert den Mund.

»Wenn's weiter nichts ist«, sagte ich und blickte in zwei erstaunte Gesichter. »Man kann natürlich täglich sein Essen oder seine Katze fotografieren und dort hochladen, aber es ist nicht Pflicht. Ich kann das alles für euch pflegen, wenn ihr mir etwas zum Posten gebt. Solange ich nichts bekomme, kann ich nichts auf die Website packen.«

»Also zum Beispiel ein Video, wie der Banjo-spieler seine Freundin durchkitzelt?«, schlug James vor.

»Warum nicht?« Andy lächelte. »Wenn es zu seinem Image passt.«

***

»Ich habe übrigens ein Liebesverhältnis mit einem Drogendealer«, erwähnte James gespielt beiläufig beim Abendessen.

»Was meint Andy dazu? Ist er eifersüchtig oder neidisch?«, fragte Lou scheinheilig.

»Der Andy schämt sich in Grund und Boden«, antwortet Andy.

»Warum? James ist doch offenbar der Fremdgeher und sollte sich schämen!«, erklärte Darrel.

»So habe ich das nicht gesagt!«, stellte Sean klar.

»Aber sicher gemeint«, ergänzte Socks und lachte. »Wir kennen doch deine Gardinenpredigten. Irgendwann kommt der Punkt, an dem man den Mord an Marilyn Monroe gesteht, nur um dich loszuwerden.«

»Ich habe heute Nachmittag, als wir uns im Treppenhaus über den Weg liefen, lediglich klargestellt, dass sich solche Aktionen wie die mit Dylan in Nordengland nicht wiederholen sollten.«

»Und ich habe dir schon im Oktober versprochen, dass das nicht wieder vorkommt«, sagte Dylan und sah Sean wütend an. »Wir sind keine kleinen Kinder, die man vor bösen Männern beschützen muss. Andy wollte mir einen Gefallen tun. Das war nur ein Missverständnis. Nächstes Thema!«

»Ich will kein Spielverderber sein, aber ihr solltet das im kleinen Kreis besprechen. Sonst meint Sarah am Ende noch, sie sei in einer Drogenhöhle gelandet.« Maggie sah Sean ernst an.

»Kein Problem.« Sarah lächelte.

»Für mich ist das Thema eigentlich erledigt«, sagte Sean.

»Aber für mich nicht.« James sah ihn ganz ruhig an. »Du redest gern von unseren Kommunikationsproblemen, die wir sicherlich haben. Da will ich gar nicht widersprechen. Genau deshalb ist es mir wichtig, dass alle hier Bescheid wissen: Andy ist kein Dealer.«

»Das wissen wir doch«, sagte Darrel und lächelte Andy freundlich an.

»Betrachtet mich meinetwegen als gelegentlichen, ehrenamtlichen Kurier von Class-B-Drugs für Arthur's Wharf. Aber das ist jetzt auch vorbei.« Andy schaute verlegen auf seinen Teller.

»Sie lösen sich auf?«, fragte Dylan.

»Nein. Davon weiß ich nichts. Aber nächstes Jahr übernehme ich die Agentur von meinem Vater und werde einiges umkrempeln. Bis jetzt war ich viel zu häufig als Tourmanager im Hinterland unterwegs, obwohl ich Musikmanagement studiert habe. Als mein Vater die Agentur aufbaute, war das für ihn alles ein Brei. Als Kind sah ich ihn kaum, weil er ständig unterwegs war. Nach meinem Studium war es für ihn selbstverständlich, dass ich genauso chaotisch vorgehe wie er. Ich habe zu lange stillgehalten und muss jetzt dringend Ballast abwerfen. Die Konkurrenz schläft nicht. Solche illegalen Aktionen wie mit Arthur's Wharf und Dylan können mir das Genick brechen.«

»Kein Problem«, sagte Sarah lächelnd und alle sahen sie verblüfft an. »Ich verpetze dich bestimmt nicht. Alkohol ist auch nicht besser, aber man kann ihn ganz legal kaufen. Überhaupt kein Problem! Dabei ist schon lange bekannt, was er mit manchen Menschen macht.« Sie blickte auf ihren Verband und flüsterte: »Ich würde ihn am liebsten auch verbieten.«

Lou legte ihr kurz sanft die Hand auf die Schulter, und Sarah lächelte dankbar.

Socks dachte an seine Eltern und konnte Sarahs Standpunkt sehr gut verstehen.

»Warum besorgt die Band sich das Zeug eigentlich nicht selbst?«, fragte Lou.

»Das ist eine gute Frage!«, antwortete Andy. »Sie könnten es schlicht und ergreifend daheim kaufen und mitnehmen, sofern sie über keine Grenze müssen. Oder noch besser: Den Quatsch gleich ganz lassen. Musiker ist ein Beruf wie jeder andere. Wer ihn ernst nimmt, geht nüchtern und chemiefrei zur Arbeit. Vor Ort ist es jedenfalls schwierig für sie, an so was heranzukommen, weil sie schlecht am Bahnhof herumfragen können, was gerade so im Angebot ist. Sie werden da schnell mal erkannt und fotografiert oder geraten an den Falschen und vergiften sich geradezu. Da kennt mein Vater tatsächlich die besseren Kontakte. Aber das Kopfwissen soll er mit in den Ruhestand nehmen. Ich behalte dafür noch bis nächstes Jahr mein

Privatleben für mich, das mir, zumindest nach außen, mit Sicherheit nicht so schaden kann wie diese Kamikazeaktionen auf seine Anweisungen hin.«

»Ich werde dem Herrn Papa also nicht vorgestellt werden«, erklärte James fröhlich. »Andy und ich haben ja so viel gemeinsam!«

Socks lag auf einer der Matratzen in seinem und Dylans Wohnzimmer und lachte. »Und ich habe mich auf der Tour die ganze Zeit gefragt, mit welchem Roadie James seine Freizeit verbringt. An Andy habe ich nie gedacht.«

Dylan, der gerade seine täglichen Liegestützen absolvierte, grinste beim lautlosen Mitzählen. Als er fertig war, ließ er sich auf den Matratzenstapel neben dem Fenster fallen. »Ich konnte es dir nicht verraten.«

»Natürlich nicht. Aber trotzdem … Dass man das heutzutage immer noch geheim halten muss, ist doch bescheuert!«

»Wenn er mich nicht am nächsten Tag darauf angesprochen und um mein Schweigen gebeten hätte, hätte ich mir nicht einmal etwas dabei gedacht, als ich James bei ihm sah. Das ist ja das Witzige! Wir waren doch ständig in allen möglichen Zimmern, weil Sachen vertauscht wurden und so.«

»Ja, ich war auch mal bei Lou. Allerdings tagsüber. Eigentlich ist das Stoff für eine Wette: Wer kann innerhalb von zehn Sekunden fünf schwarze Reisetaschen den richtigen Bandmitgliedern zuordnen und für Lou auch noch den Koffer die Stufen hochtragen?«

»Wenn das überhaupt einer kann, dann ist das Gil! Der Meister des Vans!«

»Den vermisse ich echt. Der war klasse!«

»Ich habe Andys Bitte jedenfalls zuerst gar nicht mit dem Zeug in Verbindung gebracht. Sonst hätte ich es nicht angenommen. Na ja, oder zumindest ihm seine Auslagen erstattet, wie man so schön sagt.« Dylan senkte verschämt den Blick.

»Dass sich manche Homosexuelle auch heute noch nicht outen können, sind hoffentlich endgültig die letzten Zuckungen des Viktorianischen Zeitalter-Zombies, das in regnerischen Vollmondnächten noch immer ab und zu sein hässliches Haupt erhebt. Mann! Wir leben im einundzwanzigsten Jahrhundert! Reißt das Fenster auf und lasst endlich den Mief der Fünfziger raus!«

»Manchmal habe ich das Gefühl, es geht alles wieder rückwärts. So viele sehnen sich geradezu nach einer absoluten Monarchie oder einer Diktatur!«

»Weil sie denkfaul sind und gesagt bekommen wollen, was zu tun ist. Wer selbst Entscheidungen trifft, macht eben auch mal Fehler und muss dazu stehen. Wer die Verantwortung abgibt, ist nie schuld.«

»Wie praktisch! Das will ich auch!«, rief Dylan ironisch und schielte.

»Sarahs Standpunkt hatte was!«

»Alkohol soll verboten werden? Hallo? Erde an Socks: Bitte kommen – und bei der Gelegenheit ein Bier mitbringen!«

»Nein! Das würde mich hart treffen, wenn ich diese stattlichen Mengen heimlich auf der Straße kaufen müsste!« Socks lachte. »Aber die Logik hat etwas Bestechendes. Wann weiß man, dass man zu viel trinkt? Antwort: Wenn es zu spät ist! Früher waren Opiate in jeder Hausapotheke zu finden. Ich frage mich, ob wir es noch erleben, dass Spirituosen verschreibungspflichtig werden.«

»Spinn dich aus!«

»Weißt du noch, als Tom und Nick uns im Proberaum besuchten?«

»Als Darrel mit der E-Gitarre den harten Kerl markierte? Hach, war er putzig!«

»Ja, man wollte ihm am liebsten Leckerlis zuwerfen, weil er so schön Männchen machte. Sorry Darrel, wenn dir jetzt die Ohren klingen! Hier lästern nur zwei Neidhammel!« Socks lachte. »Aber das meine ich nicht. Die ganzen Jahre labern uns Maggie und Sean voll, zu viel Alkohol sei gefährlich blabla. Und plötzlich taucht Maggie wie selbstverständlich mit einer Flasche Whisky auf, als gehöre das hier ganz normal zur Verpflegung zusammen mit dem Eintopf und Lous Obstschale.«

»Sie ist eben die perfekte Gastgeberin.«

»Wir alle wussten doch damals schon, dass Tom alkoholkrank ist. Oder vermuteten es zumindest.«

»Sie kann ihn aber auch schlecht bevormunden und gegen seinen Willen auf Entzug setzen. Soviel ich weiß, brauchen die einen bestimmten Pegel, um funktionieren zu können.«

»Ein Bier hätte es auch getan. Und wo ist dabei der Unterschied zwischen Andy und Maggie?«

»Äh, hm … Darf ich meinen Telefonjoker einlösen?«

»Genau: Andy beginnt mit *Äh* und Maggie mit *Hm*.«

Dylan lachte. Nach kurzem Schweigen sagte er: »Darrel zieht seine Abstinenz noch immer eiskalt durch.«

»Der war aber auch nicht abhängig.«

»Trotzdem! Ich kann mir das nicht vorstellen. Es geht dabei doch auch um Geschmack und Genuss.«

»Ja, erstaunlich. Und James trinkt nur noch, wenn wir ausgehen. Die haben überhaupt nichts mehr in der Wohnung.« Socks bot Dylan eine Zigarette an und nahm sich selbst eine. »Ich bin regelrecht zusammengezuckt, als Andy so ganz cool erklärt hat, dass man nüchtern zur Arbeit geht, wenn man den Job ernst nimmt.«

»Ja, der hält uns für unprofessionell!«

»Da ist aber was dran! Ich trinke morgens auch kein Bier und gehe danach in den Buchladen. Warum mache ich das vor einem Gig?«

»Weil du dann lockerer bist.«

»Im Buchladen wäre ich damit auch lockerer. Glaub mir, bei manchen Kundinnen bekommst du echt Sehnsucht nach einem Whisky! Die kommen rein, fangen an, irgendeine Story zu erzählen, die eine Freundin gerade liest, und wollen wissen, wie das Buch heißt. Der Mist passt aber auf jeden zweiten Chick-Lit-Roman. Die sind doch fast alle nach demselben verdammten Cinderella-Plot gearbeitet! Armes Mädchen wird von reichem Kerl geheiratet, und ansonsten dreht sich alles um Schuhe. Am liebsten würde ich ihnen Grimms Märchen in die Hand drücken. *Bitte sehr! Lesen Sie doch einfach das Original, Madam!*«

»Wenn es danach geht, müsste ich auch mit Bier in den Tag starten. Dieselben Leute, die dich in den Wahnsinn treiben, sprechen mich an der Kasse an, weil im Laden ganz hinten links das Fach für die Lemon-Tart leer ist. *Aber natürlich, Sir, ich laufe los und schaue im Lager nach! Wären Sie bitte währenddessen so nett, auf meine Kasse aufzupassen und der Schlange hinter Ihnen die Langeweile mit einer flotten Stepptanzeinlage zu vertreiben?*«

»Da brauchst du wirklich ein Bier! Aber vielleicht wäre es trotzdem gesünder, es ihnen im Vorbeigehen über den Schädel zu ziehen.«

»Eindeutig besser für die Blutwerte!«, pflichtete ihm Dylan bei.

»Vielleicht könnte ich mich nüchtern bei Gigs leichter konzentrieren.«

»Bei den Proben bist du nüchtern und trotzdem mit den Gedanken woanders. Aber probiere es aus nächste Woche! Benennen wir uns um in *Hamlet's sober and boring mates.*«

»Und hinterher geben wir uns gepflegt die Kante.« Socks grinste.

»Aufgeschoben ist nicht aufgehoben!«

Es klopfte. Dylan stand auf und öffnete die Wohnungstür.

»Maggie und Sean sind heute allein ausgegangen. Wir hören uns mit Sarah im Proberaum ein paar Aufnahmen an. Kommt ihr auch?«, fragte Darrel.

Nein! Nicht schon wieder!, dachte Socks. *Zumindest muss Lou nicht am Ende irgendwas Merkwürdiges spielen, wenn es schiefgeht.*

»Hast du Lust?« Dylan sah ihn erwartungsvoll an.

»Ja, gern!« Socks stand stöhnend auf.

Darrel grinste. »Weißt du, woran man erkennt, dass man alt wird? Man gibt beim Aufstehen und Hinsetzen Geräusche von sich.«

»Du gibst gleich beim Aufprall unten an der Treppe Geräusche von dir.«

Im Proberaum saßen Andy, Lou und Sarah auf der Besucherbank. James hatte sich seinen Hocker herangezogen und saß bei Andy.

Socks setzte sich neben Sarah auf den letzten freien Platz auf der Bank und rief feixend: »Komm Darrel, nimm dir einen Barhocker. Dann können wir endlich mal in Augenhöhe diskutieren.«

»Was sehe ich denn, wenn ich dir in die Augen schaue?«, antwortete Darrel. »Wie du mit deinem winzigen Gehirn *Pong* spielst?«

»Du verbringst definitiv zu viel Zeit mit einem Nerd!« Socks grinste Lou an.

»Unser Nerd will unsere Website betreuen«, erzählte James, »und die sozialen Netzwerke für uns erobern.«

»Tapfer, tapfer! Sie schreckt inzwischen vor nichts mehr zurück!« Socks nickte anerkennend.

»Ist sie denn mit der Eroberung und Betreuung der verschiedenen bandeigenen Banjospieler noch nicht ausgelastet?« Dylan nahm auf einem Barhocker Platz.

»Was wollt ihr hören?«, erkundigte sich Darrel.

»Darf ich mir etwas aussuchen?«, fragte Andy schüchtern. »Ist das okay, wenn ich mich vordränge, Sarah?«

»Kein Problem«, antwortete sie und lächelte. »Ich kenne die Band gar nicht. Nur die Mitglieder.«

»Ich würde mir nämlich gern einmal etwas von Darrel anhören«, erklärte er.

»Der ist bei allen Songs dabei«, scherzte Socks. »Er ist der mit dem Hut. Man übersieht ihn beim Zuhören nur meistens, wenn er zwischen uns anderen spielt.«

Darrel suchte eine Aufnahme von *The Lost Boy* heraus, setzte sich vor Lou im Schneidersitz auf den Boden und ergriff ihre Hände. Es war nur Gitarre, Gesang und etwas zurückhaltend Schlagzeug zu hören, da James und Darrel den Song allein aufgenommen hatten. Alle lauschten schweigend.

»Was als Nächstes?«, fragte Darrel danach und stand auf.

»Warum spielt ihr den nie auf der Bühne?«, erkundigte sich Andy. »Der ist wundervoll!«

»Weil wir Angst haben, dass das Publikum einschläft und sein Bier verschüttet«, scherzte Darrel und startete *Lullaby for a Zombie*. Er setzte sich wieder vor Lou auf den Boden und grinste.

»Das ist aber ein lautes Wiegenlied!«, meinte Andy anschließend lachend.

Sarah lächelte. »Kein Problem.«

»Ja, Darrel und ich waren uns einig, dass man die Biester mit aller Gewalt in den Schlaf prügeln muss. Anders hat man keine Chance«, erläuterte Socks mit Kennermiene. Dann fiel ihm plötzlich ein, dass solche Scherze nicht für jeden lustig waren, und er schielte verstohlen zu Sarah. Doch die saß lächelnd da und hörte zu.

»Man merkt sofort, dass das eine Koproduktion mit Socks ist.« Andy lachte noch immer.

»Da hatten wir sogar eine Gastpoetin mit im Boot. Der Refrain ist von Lou.« Socks zeigte beide Daumen nach oben.

»Du schreibst Texte mit Socks?«, fragte Andy sie erstaunt.

»Wir saßen vor etwa drei Wochen gemütlich beim Abendessen«, erzählte Darrel. »Da sagt der Typ doch tatsächlich in meinem Beisein zu meiner Freundin: *Ich habe etwas, was ich dir gern zeigen möchte. Hast du nachher Zeit?* Wenn das kein unsittliches Angebot ist, was dann?«

Alle lachten und James ergänzte: »Und er gab auch noch offen zu: *Ich bin echt verzweifelt!*«

»Ich starte mal den anderen Song, an dem Lou beteiligt ist«, kündigte Socks an und stand auf. »Vielleicht kriegt ihr euch dann wieder ein. Schweinebande! Wir müssen das aber noch einmal in Ruhe neu aufnehmen, weil wir was ändern wollen. *Lullaby for a Zombie* ist auch noch nicht endgültig fertig. Das muss noch mehr knallen!«

Sie hörten *Great Marlborough Street*.

»Darf ich raten? Der Text der letzten Strophe stammt von Lou?« Andy kam aus dem Lachen gar nicht mehr heraus.

»Da spricht eindeutig ein Experte!« Darrel küsste Lous linkes Handgelenk.

»Nun, ja, die Handschriften sind eigentlich eindeutig. Socks schreibt aggressiv, Darrel nachdenklich und Lou irgendwie – anarchisch.« Andy schüttelte lachend den Kopf.

»Wenn Socks unbedingt einen Text von mir will, muss er nehmen, was er kriegt«, meinte sie fröhlich und küsste Darrels Hand.

»Ich hoffe, die Musik ist für dich erträglich«, sagte Dylan freundlich zu Sarah.

»Kein Problem«, antwortete sie und lächelte. »Ich höre das sehr gern.«

»Dann bin ich gespannt, was du hierzu sagen wirst.« Dylan suchte grinsend *Stock Figures* heraus.

Sarah lauschte lächelnd. Andy, der den Song bereits kannte, verbarg sein Gesicht in den Händen.

»Wir konnten uns nicht einigen, welche Melodie besser passt«, sagte Darrel anschließend entschuldigend.

»Das ist nicht euer Ernst! Oder doch?«, fragte Andy.

»Wir mussten einen Kompromiss finden«, erkläre Socks. »Meine Idee war zwar ganz okay, aber ein bisschen schwach für alle drei Textabschnitte. Strophen kann man das eher nicht nennen. Denn ich ließ dabei während der Inventur im Buchladen meinen philosophischen Gedanken zum Weltgeschehen einfach mal freien Lauf. Darrels Idee war sehr aggressiv. Da hatten wir Angst, die Leute hauen wieder das Mobiliar auf den Boden wie kurz zuvor mal bei *Mayhem in May*. Wir konnten uns nicht entscheiden und vertagten das von Woche zu Woche. Irgendwann bekam Darrel einen Rappel und spielte beide Melodien so lange abwechselnd, bis ich mich entscheide. Konnte ich aber nicht. Da machte er richtig Ernst! Er fing an, nur noch Abschnitte der Melodien abzuwechseln, und da merkten wir, dass das funktioniert.«

»Ihr wollt mich auf den Arm nehmen!« Andy blickte skeptisch vom einen zum anderen.

»Nein, wirklich nicht«, beteuerte Darrel. »Ich nahm mir den Song noch einmal ganz neu vor und schickte Socks nach oben, damit er mir nicht auf den Geist geht. Ich trennte den Text mehr so willkürlich in drei Teile und verzichtete ganz auf ein Intro. Im ersten Abschnitt singt Socks seine eigene Melodie, im zweiten meine, dann spielen Dylan und ich im schnellen Wechsel, was wir häufig machen, aber hier nicht dieselbe Melodie, sondern er Fetzen aus meiner und ich Fetzen aus Socks'. Für den letzten Textabschnitt nahm ich dann wieder Socks' Melodie, weil das sonst echt zu viel Randale geworden wäre.«

»Kein Problem«, sagte Sarah und lächelte. »Es ist mal etwas ganz anderes.«

»Es funktioniert tatsächlich!«, bestätigte Andy. »Es ist ein Song mit ungewöhnlicher Machart, bei dem viele Produzenten die Hände über dem Kopf zusammenschlagen würden, aber das sollte euch nie beeinflussen. Ich hätte allerdings nicht gedacht, dass die aggressivere Melodie von Darrel stammt.«

»Damals kannte er Lou noch nicht«, sagte Socks in einem Tonfall, als würde das alles erklären.

»Also sind die Balladen alle jüngeren Datums?«, fragte Andy zwinkernd.

»Nein, wenn ich allein schreibe, sind dabei schon immer eher ruhigere Stücke entstanden«, widersprach Darrel. »Deshalb spielen wir die nie live. Nur wenn Socks und ich zusammenarbeiten, bekomme ich manchmal die Krise. Die Melodie, die er mit dem Text ablieferte, rollte mir die Fußnägel hoch.«

»Vielleicht passen die beiden Kompositionen deshalb zufällig zusammen, weil meine dich zu deiner inspirierte« Socks legte die Stirn in Falten und ging in Gedanken die zwei Tonfolgen noch einmal durch.

»Nenn es statt inspirieren lieber provozieren. Das trifft es eher.« Darrel zwinkerte Lou zu, die schon die ganze Zeit lautlos in sich hineinlachte.

»Seit wann arbeitet ihr zwei zusammen?«, fragte Andy.

»Äh … Vielleicht so drei oder vier Jahre?« Socks war sich nicht sicher.

»Seit gefühlt dreißig Jahren. Und es nimmt kein Ende!« Darrel senkte den Kopf, machte ein trauriges Gesicht und schielte dabei nach oben zu Lou, die ihm scheinbar tröstend die Wange tätschelte und ihn amüsiert anlächelte.

»Drei Jahre können hinkommen«, bestätigte James. »Davor waren wir mehr so die Begleitband von Jonas, dem selbst ernannten Superstar. Socks und er lagen ernsthaft miteinander im Dauerclinch. Und auch Sean kam mit ihm nicht zurecht. Und das will was heißen! Darrel und ich ließen uns damals alles gefallen, weil wir so viel jünger waren als er und unbedingt mit Socks arbeiten wollten. Richtig

Spaß haben wir hier erst, seit Jonas beleidigt abgezogen ist und wir dank Dylan die Welt der akustischen Instrumente für uns wiederentdeckt haben. Ein guter Tausch! Was macht Jonas jetzt eigentlich?«

»Sein Keyboard polieren und darauf warten, dass ihr ihn zurückholt.« Dylan grinste. »Vielleicht ist er auch nach Kanada ausgewandert. Man hört und sieht jedenfalls nichts mehr von ihm.«

»Wenn einer völlig humorlos ist und sich als Ausgleich allen Ernstes für ein Genie hält, kann ich mich nicht zurückhalten.« Socks dachte nur ungern an diese Zeit zurück. »Da ist mir die Zusammenarbeit mit Darrel tausendmal lieber. Der kapiert gar nicht, wie genial er ist, und lässt sich geduldig von mir unterdrücken.«

»Ich bereite die Revolution natürlich heimlich vor, um dir die Überraschung nicht zu versauen«, konterte der.

»Wie rücksichtsvoll von dir! Das nennt sich wahre Freundschaft!« James lachte.

»Mir gefällt eure Musik. Sehr sogar! Aber ich sehe für euch momentan keine allzu großen Chancen«, stellte Andy klar. »Ich will euch keine falschen Hoffnungen machen. Ihr geht am Massengeschmack vorbei. Natürlich könnte ich euch trotzdem unter Vertrag nehmen, aber viel mehr als das, was ihr ohnehin schon macht, kann ich euch nicht vermitteln. Es wäre für beide Seiten enttäuschend.«

»Wir erwarten nichts von dir. Wirklich nicht.« Socks lächelte Andy freundlich an, und die anderen stimmten zu.

»Eigentlich seid ihr schon fast zu alt, um im großen Stil Fans zu gewinnen, sagt ausgerechnet der mit Abstand Älteste in der Runde.« Andy lächelte verlegen.

»Wenn wir Darrel geschickt ausleuchten, geht er locker als Fünfzehnjähriger durch«, schlug Socks vor.

Andy lachte. »Viele Karrieren beginnen heutzutage tatsächlich vor einer Webcam im Kinderzimmer. Man macht irgendetwas Albernes, und ein paar Tage später ist man ein Star. Dann umkreisen einen die Geier der Branche und winken mit Verträgen. In eurem Alter ist man dann bereits fertig mit der Welt und längst vergessen.«

»Man kann in der Musikbranche sicherlich noch immer gutes Geld verdienen. Nur nicht als Musiker«, erklärte Darrel und erntete Gelächter.

»Normalerweise sagt man es ironisch, wenn man jemandem rät, seinen Hauptberuf nicht aufzugeben, aber ich meine das keinesfalls als Kritik an eurer Musik. Ich würde es an eurer Stelle weiterhin als Nebenjob betreiben. Dann habt ihr mehr Freiheiten und könnt Leuten, die euch auf Linie bringen wollen, den Finger zeigen«, riet ihnen Andy.

»Wir träumen von einem Plattenvertrag«, gestand Socks.

»Ihr könnt euch ein kleines Musikstudio suchen und euer Material in Eigenregie aufnehmen und selbst verticken. Das machen viele unbekannte Bands so. Es kostet nicht die Welt. Einen Kredit würde ich nicht aufnehmen, denn so gemeinsame Verpflichtungen führen schnell mal zu Streit, wenn einer in eine Schieflage gerät. Ich würde stattdessen ein Sparschwein aufstellen und unnötige Ausgaben einschränken. Meist reicht das schon. Und das Ergebnis ist den Verzicht wert.«

»Machen wir bereits seit einer Weile. Wir wollen einen Van anschaffen und unsere Ausrüstung aufrüsten.«

»Dort, wo ihr momentan auftretet, ist das erforderliche Equipment vorhanden oder wird zumindest günstig vermietet. Und einen Van braucht ihr nicht. Ihr braucht lediglich ein männliches Groupie, das seinen PKW vollädt, wenn es nicht gerade von seinem irren Papa in der Weltgeschichte herumgeschickt wird. Und selbst dann könnt ihr immer noch Gil fragen, ob er Zeit hat.«

»Gil?«, fragte James erstaunt. »Einen Roadie können wir uns nicht leisten.«

»Der verlangt bestimmt nicht viel und hat Spaß daran. Er ist seit ein paar Jahren hauptberuflich Lagerist und froh, wenn er sich ab und an was dazuverdienen kann. Gil hat selbst mal in einer Band gespielt, jahrelang als Roadie gearbeitet und vermisst wohl die alten Zeiten. Seine kleine Tochter sitzt im Rollstuhl. Deshalb braucht er ein Auto. Nichts Besonderes, aber für euer Schlagzeug reicht es. Seine Familie will er nicht mehr monatelang allein lassen, aber im Großraum London könnt ihr ihn bestimmt einspannen. Ihm passt es gut, dass Arthur's Wharf selbst auch immer nur kurz unterwegs sein können. Dafür nimmt er Urlaub. Sie kennen ihn seit ihrer Anfangszeit, und man ist wohl inzwischen sozusagen befreundet.«

»Die haben neben der Musik noch andere Jobs?«, fragte Dylan.

»Details über meine Vertragspartner kann ich euch natürlich keine erzählen. Aber das mit dem Van würde ich mir aus dem Kopf schlagen. Wenn ihr wirklich irgendwann einen braucht, mietet ihn euch wie beim letzten Mal. Das ist allemal billiger.«

»Also auf ins Tonstudio!« Socks lachte.

»Nichts überstürzen! Je besser ihr vorbereitet seid, desto günstiger wird es. Die Aufnahmen hier sind qualitativ gar nicht schlecht. Daran würde ich arbeiten und die Guide-Tracks in aller Ruhe hier erstellen.«

3. Image ohne Hose

Andy hatte sich am Samstagabend bereit erklärt, der Band bei der Gestaltung der Website und der Selbstvermarktung ein wenig beratend zur Seite zu stehen. Vermutlich fühlte er sich noch immer unter Zugzwang, obwohl ihm alle versichert hatten, dass von ihm nichts erwartet wurde.

Ich konnte ihn verstehen, denn die Art und Weise, wie hier alles ablief, hatte mich auch sofort in ihren Bann gezogen. Ich hatte einfach Lust, im Rahmen meiner bescheidenen Möglichkeiten einen Beitrag zu leisten. Allein hätte ich nie und nimmer einen ganzen Songtext schreiben können. Doch mit den Steilvorlagen von Socks war das Texten des Rests beide Male wie von selbst gegangen.

Von der inhaltlichen Gestaltung eines Webauftritts oder der Seiten in den sozialen Netzwerken hatte ich keine Ahnung und war froh, als wir uns alle für den Sonntagnachmittag zum Brainstorming verabredeten.

Wir saßen bei uns an den beiden Tischen, und ich hatte mehrere leere Seiten vor mir ausgebreitet. Auf jede schrieb ich einen Namen und auf die letzte den Namen der Band. Dann ergänzte ich das Geburtsjahr und das jeweilige Instrument. Erwartungsvoll blickte ich in die Runde und fragte: »Wer seid ihr, und was wollt ihr?«

»Ich bin Dylan, und ich will ein Bier!«

Ich tat so, als würde ich schreiben. »Also bei Dylan – Hobby: Saufen bis zum Umfallen! Noch etwas? Oder füllt dich das völlig aus? Wortwörtlich.«

»Damit ist auch sein Bühnen-Outfit endlich geklärt: Jogginghose und vollgekotztes Unterhemd«, ergänzte Socks. »Die Frauen werden es lieben!«

»Das ist übrigens ein wichtiger Punkt«, klinkte sich Andy ein. »Ihr solltet imagemäßig auch Frauen ansprechen und nicht nur Chaoten.«

»Das Ansprechen von Frauen überlasse ich Socks und Dylan«, erklärte James. »Darrel war da mal kurzzeitig ein sehr vielversprechendes Nachwuchstalent, schwächelt inzwischen aber nach einem One-Hit-Wonder massiv.«

»Das will ich ihm auch geraten haben!« Ich lachte.

»Ja, das Ansprechen von Frauen kann in Einzelfällen übel ins Auge gehen. Das sollten wir uns gut überlegen!« Socks nickte weise mit dem Kopf.

»Ich bin kein Imageberater und stolz drauf, aber es wäre für die meisten sicher naheliegend, Darrel als zweiten Frontman und Frauenschwarm aufzubauen …«, sagte Andy grinsend.

Er erntete postwendend Protest vom Opfer seines Vorschlags. »Niemals!«

»… und Socks mehr als Band-Kasper. Allerdings sollte Darrel nach dem Kahlschlag auf der Tour dringend seine Haare nachwachsen lassen«, fuhr Andy schmunzelnd fort. »Dieser Armeeschnitt ist nicht so das Wahre. Im nächsten halben Jahr solltest du dir den Friseurbesuch besser verkneifen. Zumindest vorn könnten die Locken gern ein wenig länger sein und in die Stirn fallen.«

»Stimmt!«, pflichtete ihm James bei.

»Hör auf Andy und James!«, flüsterte ich Darrel, absichtlich für alle hörbar, zu. »Die kennen sich aus mit Männern.«

Andy lachte. »Ihr Frauen sagt nachher bitte etwas zum Outfit. Da können wir nicht mitreden. Wir sind nicht direkt die Zielgruppe. Bei Darrel würde ich diesbezüglich aber nichts ändern. Das Selbstironische passt hervorragend zu ihm und ist ein guter Ausgleich für sein ernstes Gesicht auf der Bühne.«

»Ich habe mich bereits von Lou beraten lassen.« Socks feixte.

»Das sieht man!« Maggie nickte eifrig. »Der Anzug ist viel besser als Jackett und Jeans.«

»Sorry, aber den Anzug hat Darrel ihm aufgeschwatzt. Ich machte nur einen blöden Witz über Socken. Dass Socks da so drauf anspringt, konnte ich damals nicht ahnen«, stellte ich die Sache richtig.

»Anfängerfehler!« Sean lachte.

»Ach, nein! Wie konntest du nur, Lou?« Maggie sah mich entsetzt an.

»Sorry! Kommt mit Sicherheit wieder vor«, antwortete ich lässig. Ich fand Socks Sockenparade witzig.

»Mir gefällt die Lösung.« Andy sah Maggie erstaunt an. »Bei Socks würde ich auch nichts ändern. Da stimmen Image und Outfit. Aber ich dachte, wir sind noch bei Dylan. Geht das bei euch immer so chaotisch zu?«, fragte er lachend.

»Nein, noch viel chaotischer. Heute reißen sie sich für dich echt zusammen.« Sean schmunzelte.

»Es soll doch ein Brainstorming sein. Da stürmt es bei mir im Hirn gewaltig!«, erklärte Socks mit ernstem Gesicht.

»Du verwechselst das mit Durchzug!«, rief Dylan. »Halt dir die Ohren zu. Das müsste helfen.«

Ich tat wieder so, als würde ich schreiben. »Socks: Orkantief durchquerte gegen Abend seinen Kopf von Westen nach Osten. Verstand gilt seither als vermisst.«

»Okay. Schreib das wirklich, Lou«. Alle sahen überrascht zu Andy, der lächelnd mit dem Stuhl kippelte. »Wir können nachher noch an den Formulierungen feilen, aber so in etwa habe ich mir das vorgestellt. Habt ihr ernsthaft geglaubt, ich will dort euren Lebenslauf?« Er lachte. »Gut. Socks haben wir. Gehen wir doch weiter chaotisch vor. Wie wär's als Nächstes mit Sean? Was fällt euch zu ihm ein?«

»Nichts! Sonst hätte ich es ihm schon längst hämisch an den Kopf geworfen«, verkündete Socks.

»Sean ist der Fels in der Brandung«, meinte Darrel ernst. »Oder klingt das nicht witzig genug?«

»Es muss nicht alles witzig sein. Wenn ihr das alle so seht, ist das sehr gut geeignet«, sagte Andy.

»Wie wäre es mit: Pantoffelheld in der Brandung? Damit ist für die schmachtenden Fans gleich klar, dass er vergeben ist«, schlug Dylan grinsend vor.

Maggie lachte. »Damit ist mein Image auch abgedeckt, obwohl ich gar nicht dazugehöre.«

»Als ob sich ein achtzehnjähriges Fan-Girl für so einen steinalten Knochen wie mich interessieren würde!« Sean kicherte. »Okay, Lou, schreib! Sean:

Pantoffelhelden-Fels in der Brandung. Dazu passt auch mein Outfit: Jeans und T-Shirt. Immer sauber und gebügelt. Hm … Ein neues Paar Schuhe könnte ich mir natürlich zulegen.«

»Das mit den Schuhen will ich schriftlich haben«, forderte Maggie. »Lou, notiere das nicht nur, sondern lass es dir von ihm unterschreiben.«

»Mackay ist ein schottischer Name, oder?«, fragte ich ganz unschuldig, einer plötzlichen Eingebung folgend, beim Gedanken an seine Signatur.

Doch Sean roch den Braten und behauptete dreist: »Nein, da irrst du dich gewaltig. Der hat nachweislich einen irischen Ursprung.«

Ich ließ mich von seinem Pokerface nicht beirren. »Dann würdest du aber O'Kay heißen, okay?«

»Ich nähe dir einen zum Materialpreis«, bot Darrel ihm grinsend an. »Wenn du hübsche Knie hast, mach ich ihn gern etwas kürzer. Wegen der Fan-Girls. Du weißt schon! Stringtanga und so. Oder ganz ohne, und wir stellen vor dir einen Ventilator auf. Wie du magst.«

»Nein, nein, nein und noch ein paar Neins gratis obendrauf! Nicht ich und nicht mit mir! Hilf mir, Maggie! Bitte!«

Doch ihr schwante inzwischen, was ich vorhatte, und sie ließ wie die anderen ihrer Heiterkeit freien Lauf, bis ihr die Tränen kamen.

»Würde ich dir im Kilt etwa gefallen?«, fragte er sie.

»Nein, aber der ist gut fürs Image. Wir Frauen stehen auf Männer, die uns zum Lachen bringen.« Sie wischte sich die Augen und versuchte vergeblich, wieder ernst zu werden.

»Ich soll mich also nur zum Gespött machen? Wenn's weiter nichts ist …«

»Aber hallo! Die Chance ist doch einmalig!«, erklärte ich, stand auf und ging zum Computer, um zu recherchieren, welchen Tartan man als MacKay-Clanmitglied trug. »Du hast Glück, Sean! Gelb, Lila, Hellgrün und Pink auf Beige. Das sieht hübsch aus!«

»Inzwischen kenne ich dich zu gut und falle darauf nicht herein. Wie sieht er wirklich aus?«

»Es gibt mehrere. Einen in Schwarz und Blau mit einer winzigen Spur Rot.«

»Echt?«

»Frag nicht lang, sondern schau selbst.«

»Eigentlich recht dezent«, bestätigte er, als er mir über die Schulter sah. »Von welchem Familienzweig wir abstammen, weiß ich ohnehin nicht.«

Darrel kam dazu, warf einen kurzen Blick auf das Muster und schlug vor: »Dazu passt super ein knallrotes T-Shirt. Dann erkennt man endlich sofort, wer hier das Sagen hat.«

»Rot ist aber schon an ein anderes Bandmitglied vergeben!«, rief Dylan kichernd. »Das lässt sich schlecht tauschen!«

»Warum? Darrel kann sich die Haare grün färben. Ein Kilt muss hingegen immer zum Namen passen, wenn man nicht als Depp dastehen will«, erklärte Socks ganz sachlich.

»Und mit grünen Locken stehe ich nicht als Depp da?«, erkundigte sich Darrel interessiert.

»Bei deiner momentanen Frisur kommt es darauf nicht mehr an. Außerdem kannst du dir den Hut in die Stirn ziehen wie Humphrey Bogart.«

»Darf ich auch etwas dazu sagen?«, fragte ich höflich.

»Nein! Für dich gilt ab sofort der Rat, den man früher seinen Töchtern für die Hochzeitsnacht gab: *Schließ die Augen und denk an England!*«, schnauzte mich Socks an und zwinkerte mir zu. »Wir alle müssen Opfer bringen! Und das fördert zusätzlich deine Integration.«

»Ich bin weder Musikmanager noch Herren- schneider«, meinte Sean schmunzelnd, »und kann das alles nicht beurteilen, aber ich bin bereit, so ei- nen Kilt zu tragen, wenn ich ein schwarzes T-Shirt dazu anziehen darf.«

»Einverstanden«, sagte Darrel. »Ich kümmere mich morgen mal darum, wie ich an den Stoff komme. Das dürfte kein Problem sein. Lou, schreib bitte bei Seans Outfit auf: Kilt, schwarzes T-Shirt, knallrote Gummistiefel!«

»Hey! Moment!«, rief Sean.

»Stimmen wir doch einfach ab«, schlug Socks vor. »Wer ist für die Gummistiefel? Hand hoch! Und bitte etwas mehr Ernst bei den Damen. Wir ar- beiten hier schließlich an unserem coolen Image!«

»Kein Problem«, sagte Sarah, die bis jetzt ki- chernd zugehört hatte und fleißig die Hand hob.

»Veto! Veto!«, rief Sean. »Andy, hilf mir!«

»Gern. Aber meine Gegenstimme bringt dir nichts, wie du siehst.«

»Scheiß Demokratie! Euch ist hoffentlich klar, dass ich die Gummistiefel anschließend hinter der Bühne sofort ausziehe! Ich kann euch nur warnen!«

»Okay, Mackay. Das Chemie-Alarm-Argument lasse ich gelten.« Darrel feixte. »Du bekommst selbstverständlich ein paar schöne, weiße Kniestrümpfe zu den schwarzen Schnallenschuhen.«

»Ich glaube, ich nehme doch lieber die Gummistiefel.« Sean verbarg sein Gesicht in den Händen und mimte einen Weinkrampf.

»Gut, nachdem der Punkt geklärt ist, kommen wir zurück zu Dylan«, erklärte ich in geschäftsmäßigem Ton. »Bleibt es bei dem vollgekotzten Unterhemd, oder soll es im Winter lieber ein vollgekotzter Pullover sein?«

»Schwierige Frage!«, antwortete er ebenso sachlich. »Es ist ja meistens recht warm da oben. Ich glaube, mir reicht das vollgekotzte Unterhemd. Es ist immer peinlich, wenn man verschwitzt aussieht. Frauen achten auf so was.«

»Zu deinem Typ und deinem Instrument würde auch etwas Romantisches passen«, meldete sich Andy zu Wort.

»Brauchst du den wirklich, oder kann ich ihn rauswerfen?«, wandte sich Dylan an James.

»Andy hat recht«, sprang Maggie ihm bei. »Du spielst Geige, bist blond und blauäugig. Dazu passt prima ein weißes Hemd mit Spitzenkragen!«

»Ahhhhhhhhhhhhhhhhhhhhhh!« Dylan hielt sich die Ohren zu, schrie und wiegte seinen Oberkörper hin und her.

»Könnt ihr den mal bitte etwas leiser drehen? Man versteht ja sein eigenes Wort nicht mehr!«, maulte Socks.

»Ja, haltet den akustischen Geiger von den Boxen fern! Das ist eindeutig eine Rückkopplung!«, bestätigte Darrel.

»Wir haben ein technisches Problem! Lou, wo ist dein Föhn?«, fragte James.

»Das darfst du nicht beachten«, sagte Sean zu Sarah. »Die sind noch immer von der Tour traumatisiert.«

»Kein Problem«, antwortete sie lächelnd. »Ich fühle mich hier sehr wohl.«

»Man nennt das übrigens Jabot«, dozierte Darrel grinsend. »Das ist ein Spitzenbesatz, den man ähnlich wie eine Krawatte am Hemd befestigen kann. Der baumelt dann da einfach so herum beim Spielen und lässt Mädchen in Ohnmacht fallen.«

»Kann man damit auch lebensmüde Herrenschneider strangulieren? Die daraufhin nicht nur in Ohnmacht fallen, sondern richtig baumeln?«, fragte Dylan, der aufgehört hatte zu schreien, interessiert. »Dann nehme ich zur Sicherheit zwei.«

»Das empfehle ich ohnehin. Da wir die aus dem Kostümversand beziehen müssen, sind die sicher nicht sehr strapazierfähig«, wandte Maggie ein. »Da solltest du mehr als zwei kaufen. Das spart Versandkosten.«

»Ich soll allen Ernstes …« Dylan schien ehrlich geschockt zu sein.

»Wo ist das Problem?«, fragte ich ihn und hatte Spaß dabei, es als das Natürlichste der Welt hinzustellen. »Du trägst ein weißes Hemd mit diesem Dingens-Teil, eine Jeans und Turnschuhe.«

»Ach, nö, Lou! Keine Jeans und Turnschuhe!« Maggie war enttäuscht. »Eine Samthose?«

»Ja, in Dunkelrot.« Darrel machte ein zufriedenes Gesicht.

»Sag mal, berätst du deine Kunden auch so bescheuert oder nur deine Freunde?«, fragte Dylan.

»Nein, bei meinen Kunden weiß ich, was ich ihnen schuldig bin. Die zwingen mich nämlich nicht, Banjo zu spielen.«

»Den Einwand müssen wir leider gelten lassen«, meinte Socks zu Dylan.

»Du nicht auch noch!«

»Na, hör mal! Du kennst mich doch! Wenn meine Freunde angegriffen werden, stehe ich sofort voll und ganz hinter ihnen! – Um ihnen bei jeder sich bietenden Gelegenheit in den Rücken fallen zu können.« Socks legte den Kopf in den Nacken, pfiff etwas schräg *Moonlight in a Pot* und sah dabei sehr zufrieden aus.

»Verräter!«

»Wo warst du, als Darrel mir zwei schwarze Anzüge aufschwatzte, und von all meinen Freunden einzig Lou mir mit der Sockenidee zu Hilfe eilte? Das gibt dir zu denken, nicht wahr?«

»Es tut mir so leid!« Dylan markierte einen Tränenausbruch und versuchte, sich das Blatt mit seinem Namen zu schnappen, aber ich war schneller.

»Was soll ich notieren?«, frage ich Andy.

»*Geigender und singender Rebell, der vergeblich seine romantische Seite zu verbergen sucht, indem er allen kräftig auf den Keks geht.* Und schreibe bei Outfit: Jabot, weißes Hemd, Jeans und schwarze Turnschuhe.«

»Ich darf die Jeans behalten?« Dylan war wie elektrisiert.

»Langsam wird er genügsam. Bald haben wir ihn kleingekriegt!«, stellte ich zufrieden fest.

74

»Bedanke dich bei Lou!«, redete Socks ihm ins Gewissen. »Wenn es nach Maggie ginge, müsstest du in einem Kostüm aus dem achtzehnten Jahrhundert herumlaufen und in Windeseile Cembalo lernen.«

»Was ist das?«

»… fragte der Mann, der gern Mozart spielt, wenn er besoffen ist.« Socks sah ihn erstaunt an. »Das ist ein Klavier für zeitreisende Pianisten, die im siebzehnten Jahrhundert nicht auffallen wollen.«

»Kommen wir zu Darrel?« Ich blickte in die Runde.

»*Banjo spielendes, singendes, songschreibendes, rotlockiges Klammeräffchen, das zu den Gigs sein Kuschelhäschen mitnimmt*«, schlug Socks vor. »Damit sprechen wir junge Mädchen an und verbrämen gleichzeitig, dass er vergeben ist. Aus diesem Satz spricht die pure Psychologie!«

»Bist du dir sicher, dass aus dir nicht eher eine Psychose spricht?«, fragte Sean mit besorgtem Blick.

»Außerdem hat Darrel keinen Hasen, sondern eine Katze. Die kommt auch auf Facebook besser an!« James lächelte scheinheilig.

»Eine Katze?« Maggie blickte ihn verwundert an.

»Ja, Andy fragte mich Freitagnacht ernsthaft, ob Darrel eine Katze besitzt. Er ist allergisch, müsst ihr wissen.«

»Sorry!«, Andy schaute verschämt in meine Richtung.

Socks war der Einzige, der die Anspielung sofort verstand. »Kannst du das mal aufnehmen?«, fragte er mich geschäftsmäßig. »Das macht sich bestimmt gut als Effekt bei einem Song. Das packen wir ganz zum Schluss als Overdub auf die Aufnahme.«

»Und live auf der Bühne singst du es dann selbst, oder wie?« Ich merkte, wie ich knallrot wurde.

»Ignorier ihn«, schlug Darrel vor und küsste mich auf die Wange. »Er ist gewöhnt, dass die Frauen das bei ihm vortäuschen, und glaubt ernsthaft, dass du es auf Kommando kannst.«

Sarah legte mir lächelnd die Hand auf die Schulter. »Kein Problem. Du bist hier unter Freunden und musst dich für nichts schämen.«

»Ich will kein Spielverderber sein, aber machen wir doch mal mit James weiter, damit ihm der Übermut vergeht«, schlug Maggie vor.

»Sorry, Lou!« James sah mich schuldbewusst an. »Tut mir echt leid! Das ist mir so herausgerutscht. Freunde?«

Ich lächelte ihn freundlich an. Denn ich konnte ihm nicht böse sein. »Zu spät! Du bekommst zum rosafarbenen T-Shirt nicht nur ein Spitzen-Jabot wie Dylan, sondern auch pinkfarbene Rüschenärmel wie eine Flamencotänzerin und eine rote Stoffblume ins Haar! Uns fehlt noch die südländische Note, weißt du? Das lässt die Fans an Urlaub und hemmungslose Sauftouren nach Spanien denken.«

»Was habe ich getan?« Er kreuzte die Arme auf dem Tisch und verbarg sein Gesicht darin. »Ich wollte sie nur ein bisschen aufziehen, weil ich das mit allen mache, die ich wirklich mag. Und jetzt hasst sie mich!«

»Wenn Lou deinetwegen Hemmungen bekommt, dann spiele ich ab sofort Tag und Nacht zu jeder vollen Stunde auf der E-Gitarre *Cuckoo Clock* vor deiner Tür. Das ist dir hoffentlich klar«, drohte ihm Darrel.

»Leihst du mir deinen Ohrenschutz von der Tour?«, fragte mich James. »Bitte!«

»Super! Damit haben wir doch eine Lösung für euer Katzenproblem und brauchen gar keine wandelnde Kuckucksuhr!« Sean lehnte sich mit zufriedenem Gesicht zurück. »Gibt es noch andere Vorschläge für ein passendes Drummer-Outfit? Sonst nehmen wir den von Lou.«

»Er kann da hinten ruhig bei Jeans und T-Shirt bleiben. Man sieht ihn kaum, und sein Outfit muss bequem sein«, meinte Andy.

»Den hast du dir gut erzogen«, sagte Dylan anerkennend zu James. »Wenn du ihn dazu bringst, dass er den Frauen das Spitzen-Dings wieder ausredet, ist ein Fünfer für dich drin!«

»Dein Anblick wäre aber mehr als ein Fünfer wert!«, erklärte James mit ernstem Gesicht.

»Der Staat zahlt euch Sozialarbeitern definitiv zu viel Gehalt!«, stellte Dylan nüchtern fest.

»Ich finde die Idee mit dem Kostümgedöns aber auch etwas zweifelhaft«, schaltete sich Socks ein. »Das passt weder zu Dylan als Typ noch zu der Art, wie er Geige spielt.«

Dylan nickte bestätigend. »Genau! Ich sage es ungern: Aber ausnahmsweise redet Socks mal keinen Müll!«

»Stimmt. Damit schießen wir uns selbst ins Knie«, sagte Darrel. »Auf der Tour haben die Leute bereits beim Anblick unserer Instrumente ein Urteil über uns gefällt. Was denken die, wenn er mit so einem Quark aufkreuzt? Ich bin mir auch bei meinem Hut nicht mehr sicher.«

»Den Hut solltest du behalten.« Socks grinste. »Sonst merkst du es in Zukunft womöglich, wenn ich dir während deines Solos aus Langeweile auf den Kopf spucke.«

»Der Hut ist kein Problem«, sagte Sarah und lächelte.

»Ja, der Hut bleibt!«, bestimmte Sean. »Ich will am Ende nicht der einzige Trottel auf der Bühne sein.«

»Wenn ich als einzig ungeschoren Davonkommender mal was dazu sagen darf.« James hatte nun Oberwasser. »Aus Sicht der Zuschauer steht links Sean, demnächst in schwarzem T-Shirt, blauem Kilt und am besten schwarzen Strümpfen und keinen weißen …«

»Bravo!« Sean applaudierte.

»Was meinst du? Veto? Egal! Dann kommt Dylan und sollte etwas Helles tragen, weil neben ihm Socks wieder dunkel gekleidet ist.«

»Ist ein gelbes T-Shirt denn nicht hell genug für deinen Geschmack?«

»Geschmack! Du sagst es! Vorschlag: dunkle Hose und weißes Hemd. Ohne irgendwelchen Firlefanz aus dem Kostümversand. Du kannst den Kragen offenlassen und die Ärmel locker hochkrempeln«

»Hurra!« Dylan riss die Arme hoch.

»Und wie spricht er damit die Frauen an?«, wandte Socks scheinheilig ein.

»Dafür bist du zuständig«, erklärte ich ihm. »Wir stecken dir hinter der Bühne eine rote Rose quer zwischen die Zähne. Du nimmst Anlauf, schlitterst auf den Knien vor bis zum Bühnenrand, reißt dir dein Hemd bis zum Bauchnabel auf und wirfst die Rose ins Publikum.«

»Sag mal, träumst du etwa heimlich von mir?« Socks grinste mich frech an.

»Nein, sollte ich je von dir träumen, dann wäre mir das auf jeden Fall unheimlich.« Ich grinste frech zurück.

»So gut die Idee auch ist, fürchte ich aber, dass wir das nicht riskieren können.« Sean verschränkte die Arme im Nacken und blickte unschuldig an die Decke. »Gewisse Sänger in diesem Raum haben ein gestörtes Verhältnis zur Bühnenkante und sollten sich dringend von ihr fernhalten. Sonst fliegt eines Tages nicht nur der Mikrofonständer ins Publikum, sondern der ganze Kerl rutscht mit Schwung in die vorderen Reihen.«

»Stagediving! Yeah!«, jubelte Dylan.

Socks verdrehte die Augen. »Du meinst wohl eher Nose-Diving. Nee, lass mal stecken. Dafür bin ich zu alt.«

»Macht sich aber gut auf Youtube! Wenn das erst einmal viral geht, dann werdet ihr über Nacht berühmt«, gab Andy zwinkernd zu bedenken.

»Sehr schön, Andy! Du scheinst dich hier schon sehr gut eingelebt zu haben«, stellte Sean lächelnd fest. »Komm ruhig öfter mal vorbei.«

»Ist euch eigentlich klar, dass wir immer noch nicht viel haben, das ich auf die Website packen kann?«, fragte ich lachend in die Runde. »Momentan stehen da einsam und verlassen ein Gig für Samstag und einer für kurz vor Weihnachten. Und die Sätze zu den Bandmitgliedern sollten wir uns gut überlegen. Das Internet vergisst nie!«

»Kein Problem«, sagte Sarah. »Ich schreibe gern anschließend einen Fan-Bericht, wenn euch das recht ist.«

Alle schauten sie erstaunt an.

»Mensch, Sarah! Das ist super von dir!« Dylan strahlte über das ganze Gesicht. »Lou hilft dir sicher beim Tippen, wenn es mit deinem Arm noch nicht geht.«

»Ja, klar. Kein Problem.« Ich lächelte sie freundlich an.

***

Socks lag im Wohnzimmer auf einer Matratze, betrachtete die Risse an der Decke und summte gedankenverloren vor sich hin.

Dylan klappte sein Buch zu und schlug es gegen die Wand.

Socks zuckte zusammen und sah ihn verwundert an. »Ist der Plot nicht nach deinem Geschmack? Oder saß da eine Fliege?«

»Merkst du das eigentlich selbst gar nicht mehr, oder ist es dir inzwischen egal, dass mich das tierisch nervt?«

»Plot oder Fliege?«

»Dein Gesumme!«

»Sorry! Ich denke nur gerade darüber nach, ob Lou wohl singen kann.«

»Zumindest kann sie offenbar miauen.« Dylan lachte beim Gedanken an James' Indiskretion.

»Quatsch! Sie miaut nicht.«

»Woher willst du das wissen? Du schläfst nicht Wand an Wand mit denen.«

»Doch. In Nordengland. Und sie miaut nicht, sondern gibt nur manchmal ein paar niedliche Töne von sich. Unser kleines Genie spielt offensichtlich nicht nur E-Gitarre, Folkgitarre und Banjo, sondern auch Lou.«

»Warum denkt Andy dann an eine Katze?«

»Weil er keine Ahnung von Frauen hat, vermute ich.« Socks lachte. »Manche hören sich ein klein wenig an wie rollige Katzen. Und das sind die, die meistens auch richtig gut singen können.«

»Da spricht der Experte!«

»Nur kein Neid! Du hattest hier mal eine, die laut gelacht hat.«

Dylan grinste. »Ja, die hat mich echt fertiggemacht. Ich wusste erst gar nicht, ob die über meine ernsthaften Bemühungen lacht oder einfach nur so aus Spaß an der Freude.«

»Ich hatte mich gefragt, ob du ihr die halbe Nacht Witze erzählt hast, bis mir klargeworden ist, was ihr wirklich gemacht habt.«

»Also doch kein Experte!«

»Man muss nicht alles ausprobieren im Leben.« Socks grinste.

»Und warum interessiert es dich, ob Lou singen kann?«

»Nur so.«

»Stehen dir bei uns noch nicht genug Leute auf der Bühne herum, die ich umrennen kann?«

»Die hat noch größere Bühnenangst als Darrel.«

»Woher willst du das wissen?«

»Sie hat es mal erzählt.«

»Also kann es dir doch egal sein, ob sie singen kann.«

»Ich denke an unsere Aufnahmen.« Socks blickte versonnen aus dem Fenster.

»Sprich, großer Meister, und teile deine Weisheit mit mir. Was hast du vor?«

»Nichts. Wir können keine weibliche Stimme aufnehmen, wenn wir hinterher keine Frau auf der Bühne haben.«

»Darrels Stimme ist sehr hell …«

»Der wird dir was husten, wenn du ihn zwingst, mit mir im Duett zu singen.«

»Liebeslied?«

»Quatsch! So einen Mist schreibe ich nicht!« Socks lachte. »Nö, es wäre witzig, wenn sie die Zeilen singen würde, die sie selbst geschrieben hat.«

»Das kann auf der Bühne aber auch Darrel.«

»Ich müsste sie echt mal fragen.«

»Ob sie nur miauen oder auch singen kann?«

»Das formuliere ich wohl besser etwas anders.«

»Warum willst du sie unbedingt in der Band haben?«

»Sie ist bereits in der Band.«

»Dann wären die Beatles in jeder verdammten Band, die jemals einen ihrer Songs gecovert hat.«

»Darrel bunkert da unten jede Menge eigenes Material.«

»Was für Material? Seine E-Gitarre?«

»Songs. Fix und fertige Songs.«

»Nimmt er ein Soloalbum auf?« Dylan lachte.

»Lach nicht! Das wäre durchaus möglich!«

»So viele sind es bestimmt nicht!«

»Elf. Tendenz steigend.«

»Die schreibt der doch nicht alle jetzt auf einmal!«

»Das glaube ich auch nicht. Aber er und James dokumentieren seit Wochen offenbar einen Haufen Zeug, das Darrel im Kopf oder wo auch immer hatte. Der arbeitet, glaube ich, auch mit Noten.« Socks schüttelte sich theatralisch.

»Ist ja nur vernünftig. Wir werden alle nicht jünger.«

»Und wenn er aussteigt und sein eigenes Ding macht?«

»Reisende soll man nicht aufhalten. Außerdem würde er das kaum so offen zugänglich abspeichern, wenn er eigene Pläne hätte.«

»Stimmt.« Socks dachte nach. »Ich wäre erledigt, wenn er abhauen würde.«

»Zur Not kann ich mal versuchen, deine Melodien zu erraten. Oder Sean. Der hat mehr Geduld.«

»Die ganzen Songs gehören Darrel und mir gemeinsam.«

»Warum eigentlich?«

»Weil wir zusammenarbeiten. Weißt du doch.«

»Du schreibst die Texte und die Musik, und er spielt die Musik nach, damit auch Normalsterbliche etwas damit anfangen können. Warum führst du ihn überhaupt als Songwriter auf?«

»Weil die Musik von uns beiden ist und nicht nur von mir.«

»Bei Stock Figures!«

»Bei allen Songs.«

»Seit wann?«

»Seit wir zusammenarbeiten. Du warst doch dabei, als wir es Andy erklärten.«

»Wow! Ich hielt das für einen Witz, aber wenn das dein Ernst ist: Wow!«

»Yep! Wow.«

»Dann hilft alles nichts: Du wirst ihm einen Heiratsantrag machen müssen.«

»Nur, wenn du dir eine Schleife ins Haar bindest und die Blumen streust.«

»Deshalb gehört Lou plötzlich zur Band!«

»Er hat's kapiert.« Socks applaudierte.

»Sie soll ihn bei Laune halten, damit er nicht abhaut? Machst du dir überhaupt etwas aus uns, oder sind wir für dich nur Marionetten?«

»Hast du eine bessere Idee?«

»Ich bin kein Psychologe oder gar Psychiater, aber wie wäre es mit Anerkennung? Wertschätzung? Freundlichkeit? Komplimente für seine eigenen Songs?«

»Mit Lou funktioniert das viel besser.« Socks schenkte ihm ein breites Grinsen.

»Du bist – und das sage ich als dein Freund – ein Arschloch.«

»Mag sein. Aber ein Arschloch mit einem Co-Songwriter.«

***

Als ich am ersten Dezember ins Büro kam, fehlte auf dem Schreibtisch gegenüber der Computer.

Will packte seine Siebensachen, die sonst tagtäglich kreuz und quer herumgelegen hatten, so missmutig in einen Karton, dass die Staubflocken tanzten, die sich dazwischen angesammelt hatten.

Mein »Guten Morgen!« wurde mit einem Brummeln quittiert. *Leck mich!*, dachte ich und machte mir nichts daraus. Ich mochte ihn nicht besonders, weil er nie seinen Becher spülte, sondern immer nur neu befüllte. Daher sah ich seinem Weggang gelassen entgegen und fragte mich nur, was wohl passiert war am frühen Morgen.

Er trug noch seine Jacke und musste selbst eben erst gekommen sein. Ich zog meine aus, hängte sie an den Garderobenständer an der Wand, setzte mich und startete meinen Computer.

Er stellte den Karton auf seinen Rollcontainer und schob diesen zusammen mit seinem Schreibtischstuhl gen Westen, wo schon viele vor ihm ihr Glück gesucht hatten. Er verließ uns also nicht, sondern nur mich. Heute war eindeutig mein Tag! Schlimmer konnte sein Nachfolger bestimmt nicht sein. Natürlich klappte es nicht, Stuhl und Rollcontainer gleichzeitig zu schieben. Statt eines der Möbelstücke zurückzulassen und zweimal zu gehen, mühte er sich ab, beide auf Kurs zu halten, und eierte zum Amüsement der weniger nerdmäßig veranlagten Kollegen durchs Großraumbüro.

Dennis filmte ihn mit dem Smartphon.

Als ich von der Teambesprechung zurückkam, stellte Neil gerade einen Rechner auf, und eine große, schlanke Frau um die dreißig versuchte, mit nassem Klopapier die Teeflecke von der Schreibtischplatte zu entfernen. Sie trug ihr dunkles, glattes Haar als Bob, der ihr apartes Gesicht zur Geltung brachte.

»Vergiss es! Da hilft nur anzünden. Ich bin Lou. Kurz für *Louise*.«

Sie erwiderte mein freundliches Lächeln. »Ich bin Tamsin, die neue Buchhalterin. Martin findet, dass wir Frauen zusammensitzen sollen. Meinst du die Platte anzünden oder denjenigen, der die Flecke nie weggewischt hat?«

»Beides. Du kannst ihn als Brandbeschleuniger für die Platte verwenden. Polyesterklamotten und Methan-Ausdünstungen sind dafür sicher bestens geeignet. Herzlich willkommen!«

Sie lachte: »Egal, wie ich drauf bin, bin ich also willkommen?«

»Du scheinst regelmäßig zu duschen. Das weiß ich sehr zu schätzen!«

»Und ich putze den Schreibtisch.«

»Sehr sympathisch! Wenn du jetzt noch jeden Abend deinen Becher in die Teeküche bringst, damit er in die Spülmaschine geräumt wird, werde ich mein Glück gar nicht zu fassen wissen.«

»Zumindest weiß ich jetzt, warum hier eine brandneue Tastatur liegt.«

»Als Arbeitgeber ist Martin an einem niedrigen Krankenstand interessiert.«

***

»Du hast es jetzt aber nicht auf Sarah abgesehen, oder?«, fragte Socks, als Dylan am Freitagabend in frischen Sachen aus seinem Zimmer kam.

»Was soll die blöde Frage?«

»Also ja.«

»Ich bin bloß nett zu ihr.«

»Ja, klar.«

»Bist du eifersüchtig?«

»Nicht mein Typ.«

»Ich habe nur erzählt, dass du und ich was trinken gehen, und gefragt, ob jemand mitkommen möchte.«

»Und bei Sarah hast du zweimal nachgefragt, ob sie nicht doch möchte.«

»Sie ist neu bei uns.«

»Andy ist neuer.«

»Sie ist schüchtern. Sag nicht, Andy sei auch schüchtern.«

»Sie hat gerade ihren Mann verlassen. Wenn sie den Eindruck bekommt, dass alle Männer scheiße sind, kehrt sie zu ihm zurück. Willst du das?«

»Ich bin bloß nett zu ihr.«

»Sie braucht so Typen wie uns nicht.«

»Was weißt du schon, was sie braucht und nicht braucht!«

»Erst mal ganz viel Ruhe und dann einen Freund, der sie wirklich liebt.«

»Dann sind wir uns ja alle einig. Kommst du?«

Socks sah sich im Pub nach bekannten Gesichtern um. Links standen Matt und Lucas, aber sie waren von einem Haufen Leuten umringt. Es sah ganz nach einem Verwandtschaftsbesuch aus. Er hob lässig die Hand und wurde auf ebensolche Weise zurückgegrüßt.

Hinten links saßen Heather und Hazel, das walisische Folkmusic-Duo, das er von einem länger zurückliegenden Gig kannte. Sie lächelten und winkten, als sie ihn und Dylan hereinkommen sahen.

»Sollen wir mal schauen, ob wir uns dazusetzen dürfen?« Socks zog die Augenbrauen hoch.

»Wäre das okay für dich?«, gab Dylan die Frage an Sarah weiter.

»Kein Problem«, antwortete sie lächelnd.

»Hi! Was macht ihr hier?«, fragte Hazel und zupfte etwas von Socks' Jackett.

Wenn ich da einen Fussel gehabt hätte, wäre er mir beim Anziehen aufgefallen, dachte Socks und lächelte strahlend zurück. »Wir zeigen Sarah ein bisschen die Gegend und genießen die schöne Aussicht.« Er sah Hazel dabei tief in die Augen.

»Setzt euch!«, Heather klopfte mit der flachen Hand auf den freien Platz neben sich und strahlte ihn an.

Dylan organisierte von einem der Nebentische einen überzähligen Stuhl und stellte die Frauen einander vor. »Heather, Hazel, Sarah.« Er rückte näher zu Sarah und begann, sich mit ihr zu unterhalten.

Socks schnappte sich seinen Stuhl und machte Anstalten, sich dreist zwischen die beiden Musikerinnen zu drängen, was von ihnen mit Gekicher quittiert wurde. Sie rückten aber bereitwillig auseinander. Er holte einen Satz Tarotkarten aus seiner Innentasche und fing an zu mischen.

Die zwei Frauen lachten lauthals.

»Du willst jetzt aber nicht Bridge mit uns spielen, oder?«, fragte Hazel, als sie sich wieder beruhigt hatte, und zwinkerte ihm zu.

»Nicht ganz!« Socks zwinkerte zurück. Er teilte die Karten in drei etwa gleich hohe Stapel, drehte bei jedem die oberste Karte um und legte sie daneben. »Möchtest du einen Blick in deine Zukunft werfen?«, fragte er Hazel mit einem strahlenden Lächeln.

Sie lachte schallend. »Bist du dir sicher, dass du weißt, was du tust?«

»Das weiß ich immer.« Er hatte absolut keine Ahnung, aber das störte ihn nicht. Die Tarotkarten hatte er am Freitag im Buchladen beim Auspacken der neuen Ware entdeckt. Dank seines Angestelltenrabatts waren sie erschwinglich gewesen und würde sich in nächster Zeit sicherlich vielfach einsetzen lassen.

Dylan fragte, was alle trinken wollten, und ging danach an die Bar. Sarah sah schüchtern lächelnd zu, was Socks mit den Karten trieb. Er drehte die nächsten um und legte sie über Kreuz auf die vorherigen. »Oh! Ich glaube, da kommt einiges auf dich zu!«

»Ist das der Tod?«, erkundigte sich Heather, deutete auf ein Bild und quietschte vor Lachen.

»Nicht direkt. Die Karte hat viele Bedeutungen. Es kommt dabei auf den Kontext an. Lasst es mich euch erklären!« Er legte einen Arm um Hazels Schultern und zog sie ein wenig zu sich heran. Damit sie die Karten besser sehen konnte.

Gegen zwei schloss Socks leise die Wohnungstür auf. *Pennt er wieder im Wohnzimmer?*, dachte er, weil dort Licht brannte. Ihre Wege hatten sich gegen halb zwölf getrennt, als Dylan Sarah und Socks Hazel nach Hause gebracht hatte.

»Willkommen zurück!«, rief Dylan übertrieben fröhlich.

»Oh, Entschuldigung! Ich wusste nicht, dass wir Besuch haben, sonst hätte ich einen Kuchen geba-cken.« Socks zog die Augenbrauen hoch.

»Kein Problem!« Sarah lächelte unsicher.

Socks verzog sich ins Badezimmer. Als er wieder zum Vorschein kam, steckte Dylan gerade von außen den Schlüssel ins Schloss. Socks öffnete die Tür mit einem Ruck. »Und wen haben wir denn hier? Noch einen Besucher? Du sitzt doch schon im Wohnzimmer? Haben wir jetzt zwei von der Sorte? Wenn du noch einmal reinkommst, musst du zwei-mal gehen, damit du allein ins Bett gehen kannst.«

»Du bist gerade weniger witzig, als du denkst.«

»Ah, ich verstehe! Du hast die Lady nur sicher nach Hause gebracht, weil es in letzter Zeit in un-serem Treppenhaus so viele Raubüberfälle gab.«

»Nein, weil da um diese Zeit so viele Kotzbro-cken nach Hause kommen.«

»Dylan!« Socks lächelte ihn freundlich an. »Man will immer die Frauen, die man nicht haben kann. Das ist ein Naturgesetz!«

»Und wenn man sie nicht bekommt, will man sie wenigstens in seiner Band miauen hören.« Dylan warf seine Schlafzimmertür hinter sich zu.

4. Bühnengast

Darrel lag neben mir und küsste meine Schulter. Ich schaute ihm dabei zu und lächelte.

»Nehme ich mir eigentlich genug Zeit für dich?«, fragte er mich.

»Möchtest du wissen, ob du gut warst? Das sage ich dir nicht. Sonst lässt irgendwann dein Eifer nach.« Ich zwinkerte ihm zu. »Sagen wir es mal so: Als Gitarrist weißt du dir und mir zu helfen, wenn ich mal länger brauche als du.« Ich lachte und sah ihm zärtlich in die Augen.

»Das meine ich gar nicht.« Er musste auch lachen.

»Wie meinst du es denn?«

»Ganz allgemein.«

»Eine Grundsatzdiskussion kurz vor dem Einschlafen?«

»Ich meine das ernst, Lou.«

»Ja, du nimmst dir genug Zeit für mich. Warum fragst du?«

»Weil George und Sybil sich scheiden lassen«, sagte er ganz in Gedanken.

»Du nimmst dir zwar nicht die Zeit, mir zu erklären, wer das ist, aber ansonsten kann ich mich nicht über einen Mangel an Aufmerksamkeit beklagen.«

»Sorry!« Er lachte und nahm mich in die Arme. »George ist ein Kollege, und Sybil ist logischerweise seine Frau, sonst könnten sie sich nicht scheiden lassen. Und bevor du jetzt grinsend fragst, was das mit dir und meiner Zeit zu tun hat: nichts.«

Ich küsste ihn. »Was hast du auf dem Herzen? Los, sag es, damit ich es als Hirngespinst abtun und darüber lachen kann.«

Er spielte mit meinen Haaren und schwieg.

Ich wartete eine Weile und flüsterte: »Hilft es dir, wenn du mir von George und Sybil erzählst?«

»Es ist lächerlich. Ich hätte es nicht erwähnen sollen.«

»Bitte erzähle es mir.«

»Der gute George geht gern wandern, und Sybil nicht. Ende der Geschichte. Im wahrsten Sinne des Wortes.«

»Und sie lässt sich scheiden, weil sie keinen Bock mehr aufs Wandern hat?«

»Okay. Ich erzähle es dir. Es ist blödsinnig, dass ich davon angefangen habe. Er geht seit Jahren jedes zweite Wochenende mit einem Kumpel wandern, und sie bleibt zu Hause. Besser gesagt, sie bleibt nicht zu Hause, sondern geht tanzen. Jetzt hat sie einen Mann kennengelernt, der auch lieber tanzt als wandert. Siebzehn Jahre Ehe rein in die Tonne und Deckel drauf.«

Ich suchte vergeblich nach Worten.

»Dir fällt auch nichts dazu ein«, konstatierte er und drehte sich neben mir auf den Rücken.

»Mir fällt dazu nur Mist ein. Sorry.«

»Was zum Beispiel?«

»Dass uns das nicht passieren kann, weil ich nicht tanzen kann. Beim Stricken lernt man in der Regel nicht so viele Männer kennen.« Ich küsste seine Schulter. Als sie anfing zu beben, sah ich erschrocken in sein Gesicht.

Zum Glück lachte er lautlos in sich hinein.

Für einen kurzen Moment hatte ich tatsächlich mit allem gerechnet. »Ich glaube nicht, dass das Wandern der Grund ist, Darrel. Wenn sie beide gern tanzen oder wandern würden, hätten sie einander vielleicht trotzdem nichts mehr zu sagen.«

»Sie hätten aber mehr Zeit für ihre Ehe gehabt.«

»Um einander anzuschweigen?«

»Um sich übers Tanzen auszutauschen. Oder übers Wandern.«

»Was gibt es da groß auszutauschen? Sie wären beide die ganze Zeit dabei gewesen. Da gibt es anschließend nichts zu erzählen, und sie würde sich jetzt trotzdem von ihm trennen. Es gibt nie einen einzigen Grund für eine Trennung, sondern viele kleine, die sich mit der Zeit ansammeln. Sie hätte ihm all die Jahre berichten können, wie es beim Tanzen gewesen war. Und er hätte ihr Bilder von seinen Wanderungen zeigen können. Sie hätten einander vermissen und sich aufeinander freuen können.«

»James und ich haben den anderen gestern versprochen, dass wir uns um die Guide-Tracks kümmern.« Er sagte das, als wäre es das Ende allen irdischen Daseins.

»Wenn du mir jetzt noch erklärst, was Guide-Tracks sind, kann ich das volle Ausmaß dieser Katastrophe vielleicht besser begreifen, die offenbar demnächst über uns hereinbrechen wird.« Ich streichelte sanft seine Wange.

»Die hört man sich im Tonstudio über Kopfhörer an, während man seinen Anteil am Song spielt.«

»Warum müsst ihr das neu aufnehmen? Und ohne die anderen?«

»Die bisherigen Aufnahmen sind Sean und mir nicht exakt genug. Deshalb müssen wir noch einmal ran. Wir sind der Ansicht, dass wir das schneller hinbekommen, wenn ich statt Socks singe. Und da machen wir es eben gleich zu zweit. Dylan hat so blöde Arbeitszeiten, und irgendwie scheint es Maggie momentan nicht gut zu gehen. Sean möchte sie deshalb nicht so oft allein lassen.«

»Ja, sie wirkt erschöpft in letzter Zeit. Was meint Socks zu eurem Plan?«

»Dem fehlt dafür ohnehin die Geduld. Er hat generell Schwierigkeiten, seine Gedanken beisammenzuhalten. So kennen und lieben wir ihn.«

»Und jetzt hast du Angst, dass ich, während du die Aufnahmen machst, alleine wandern gehe und dabei George kennenlerne, der neuerdings wieder zu haben ist.«

»So in etwa. Die Stiefel trägst du ja angeblich immer im Rucksack mit dir herum, wenn du mit Julia auf Männerjagd gehst.«

»Man muss vorbereitet sein. Vielleicht brenne ich bei dem bescheidenen Wetter aber doch lieber mit dem Chauffeur durch und lasse mich fahren. Das ist für dich besonders ärgerlich, weil dann dein Rolls-Royce auch weg ist.«

»Kann der Typ stricken?«

»Ich bringe es ihm seit drei Wochen bei. Bis jetzt macht er seine Sache ganz gut. Heute Abend wollte ich ihm Zopfmuster zeigen, aber dann kam mir was dazwischen.«

»Wer kam dir wo dazwischen?«

»So ein Traumtyp mit einer bescheuerten Frisur.«

»Kenne ich die Sau?«

»Den hast du bestimmt schon einmal gesehen. Der hängt hier ständig herum und hat massenhaft Zeit für mich.«

»Zu viel Zeit?«

»Ja, man kommt kaum zum Stricken.«

»Mit dem Butler?«

»Nein, nicht mit dem Butler. Die Sache mit dem Butler beichte ich dir ein andermal, gleich nach der mit dem Gärtner und dem Kammerdiener. Das wird sonst zu viel für dich.«

»Das war auch nur eine Fangfrage. Zum Glück bist du nicht darauf hereingefallen.«

»Du wolltest, glaube ich, irgendetwas mit mir besprechen. Hat sich das inzwischen erledigt?«

»Ich wollte dir von meinem langweiligen Kollegen erzählen, damit du ihn beim grottenschlechten Tanzen vermisst. Oder so ähnlich. Ich habe deine Theorie vorhin nicht ganz verstanden.«

»Macht nichts. Ich erkläre es dir in den nächsten Tagen noch einmal ausführlich und mit allen Details, damit du keine Skrupel mehr hast, dich so oft wie möglich in den Proberaum zu flüchten.«

»Ich habe dir noch nicht ausführlich genug erzählt, wie beschissen mein Leben vor dir war. Du hast es von allen mit Abstand am längsten mit mir ausgehalten.«

»Ich habe vor, es noch viel länger mit dir auszuhalten.«

»Klingt vielversprechend.«

»Du wirst irgendwann händeringend nach einem Tänzer suchen, der mich endlich wegholt.«

»In siebzehn Jahren?«

»Wenn das so ist, habe ich noch ein bisschen Zeit und muss heute nicht mehr packen.« Ich kuschelte mich an ihn und schloss die Augen.

»Schläfst du jetzt?«

»Mmh.«

»Gute Nacht!« Er küsste mich.

Ich erwiderte den Kuss und murmelte: »Gute Nacht!«

Darrel löschte das Licht. Er legte einen Arm um mich und flüsterte: »Wenn ich zwischen dir und der Gitarre wählen müsste, würde ich die Gitarre verkaufen.«

»Logisch. Sie würde auch mehr Geld einbringen als ich.«

Er lachte. »Du bist unmöglich!«

»Sorry. Ich bin ja schon ernst: Das ist sehr süß von dir, und ich weiß das zu schätzen. Aber niemand zwingt dich zu wählen.«

»Danke.«

»Gern geschehen.«

»Du hattest etwas mit dem Gärtner und dem Kammerdiener? Gleichzeitig?«

»Schön, dass du mir so aufmerksam zuhörst. Du bist einfach perfekt.«

***

»Heute habe ich etwas ganz Mutiges gemacht!«, verkündete Lou, als sie am Samstag das Essen auf den Tisch stellte. Wegen des Gigs aßen sie früher, und diesmal war ihr die undankbare Aufgabe zugefallen, für Leute zu kochen, die um diese Zeit noch gar nicht warm essen wollten.

»Du hast zu wenig gekocht? Das überlebst du nicht! Maggie wird dich umbringen!« Sean zwinkerte seiner Frau zu.

»Das wagt sie nicht! Dafür ist sie zu feige!«, konterte diese.

»Nein, ich habe nur nicht alles in einen Topf gekippt, sondern der Reis kommt extra.« Lou stellte ihn auf einen separaten Untersetzer.

»Hilfe! Wir werden alle sterben!« Socks hob beide Arme flehentlich in Richtung Deckenleuchte und fuchtelte lustlos herum.

»Kein Problem«, meinte Sarah und lächelte. »Das sieht sehr gut aus.«

»Danke!« Lou lächelte zurück und überließ es wie immer Maggie, die Teller zu befüllen.

»Zwei Pötte? Müssen wir jetzt noch mehr essen?« James schaute verzweifelt von einem Topf zum anderen.

»Keine gute Idee! Das bringt Maggie nur auf dumme Gedanken, wie sie in Zukunft die Menge weiter steigern kann. Bisher stellte der Topfrand eine natürliche Grenze dar«, dozierte Socks. »Nun räumt sie sämtliche Topfschränke aus, und es gibt kein Halten mehr.«

»Du musst das nicht essen, wenn du nicht magst.« Lou lächelte Darrel zärtlich an, als sie seinen Teller an ihn weiterreichte. »Ich habe ein paar ungesüßte Haferkekse für dich gekauft, falls du nachher Hunger bekommst.«

»Ja, Liebe geht durch den Magen! Auch bei Pferden mit roter Bürstenmähne!« James nahm strahlend seinen Teller in Empfang. »Super! Mal wieder was anderes!«

»Ich muss dich leider enttäuschen. Das ist genau wie das Durcheinander mit Currypulver, das Darrel mir beigebracht hat. Nur habe ich diesmal vergessen, den Reis zuerst zu kochen«, gestand Lou lachend.

»Dass einem Frauen immer alle Illusionen zerstören müssen!«, maulte Socks.

»Kein Problem.« Sarah lächelte. »Es schmeckt genauso gut wie die andere Variante!«

»Ja, das finde ich auch«, pflichtete Dylan ihr bei und lächelte Sarah freundlich an. »Maggie, Lou und Gil werden nachher aufpassen, dass du im Gedränge nicht abhandenkommst. Ich hoffe, dir gefällt unser Gig.«

»Kein Problem«, meinte Sarah lächelnd und wurde rot.

Andy hätte zwar Zeit gehabt, aber sie beauftragten lieber Gil mit dem Transport des Schlagzeugs, damit Andy vor der Geschäftsübergabe bei der Agentur nicht zu oft mit einer Band gesehen wurde, die er gar nicht unter Vertrag hatte. Sein Vater sollte nicht im letzten Moment einen Rückzieher machen können.

Es klingelte.

Lou sprang auf und ließ Gil herein. »Hi!«

»Hi!« Er winkte lässig. »Sorry, ich bin zu früh.«

»Setz dich! Möchtest du mitessen?«, fragte Maggie postwendend und hob die gefüllte Kelle aus dem Topf.

»Bitte beachte, dass da gar kein Teller steht, bevor du die Ladung auf den Tisch klatschst«, warnte Socks sie ausgesucht liebenswürdig.

»Nein, danke!« Gil hob abwehrend die Hände. »Ich habe keinen Hunger.« Er setzte sich neben James, und Lou brachte ihm einen Becher.

»Nimm dir Tee, wenn du magst«, schlug sie vor.

»Nein, nein, nein, Lou! So geht das nicht! Du musst ihn penetrant nötigen! Sonst wird nie eine gute Hausfrau aus dir.« Socks schüttelte tadelnd den Kopf.

»Manche Ziele im Leben verfehlt man eben haarscharf«, antwortete sie und nahm, statt sich einen Nachschlag geben zu lassen, Darrel den halbvollen Teller weg, den er seit einer Weile angewidert hypnotisiert hatte.

Er küsste sie auf die Wange und sagte: »Du bist eine wunderbare Hausfrau! Man könnte sich glatt in dich verlieben, wenn du so weitermachst.«

Socks schlenderte mit den Händen in den Jacketttaschen zu seinem Mikrofon, drehte sich abrupt zum Publikum und grinste, was von den Umstehenden mit Gejohle quittiert wurde. Rechts außen konnte er aus den Augenwinkeln Sean erkennen, links nahm Darrel mit versteinerter Miene seinen Platz ein. Socks drehte den Kopf verwundert nach rechts. Dylan stand diesmal zwei Schritte zu weit hinten.

Wenn du nicht aufpasst, landest du beim nächsten Hüpfer wieder beinahe im Schlagzeug. Was soll der Scheiß?, dachte Socks. Sie hatten seit dem Streit kein Wort miteinander gewechselt. Socks war nach dem Aufstehen noch immer stinksauer gewesen, aber langsam war die Wut verflogen, und er wollte wieder Frieden schließen. Doch Dylan wich seinem Blick beharrlich aus und ignorierte ihn.

Was geht es mich eigentlich an? Die Frau ist Mitte zwanzig und kann selbst auf sich aufpassen. Den Prügelheini heiraten konnte sie auch ohne fremde Hilfe. Wenn sie sich als Nächstes einen stadtbekannten Casanova angelt, lernt sie vielleicht endlich, ihr Hirn einzuschalten bei der Partnerwahl. Andererseits hat das bei der Damenwelt mit Hirn nichts zu tun, sonst wäre der Hosenträger-Träger neben mir solo.

Dylan begrüßte das Publikum und kündigte den ersten Song an.

Socks zuckte zusammen. Er stand schon wieder viel zu lang herum, und die Bandkollegen übernahmen aus Verzweiflung seine Aufgaben. Mit aller Gewalt versuchte er, sich zu konzentrieren, und blickte hektisch auf die Setlist zu seinen Füßen. Ein hagerer Kerl mit dicken Pickeln auf der Stirn griff danach und grinste.

Socks trat blitzschnell auf den Papierbogen und konnte den überwiegenden Teil retten. Er zog ihn mit dem Fuß ein Stück nach hinten und außer Reichweite des offensichtlich stark alkoholisierten Jugendlichen. Als James loslegte, merkte Socks, dass er die Hände aus den Taschen genommen hatte, um das Gleichgewicht nicht zu verlieren, und damit versehentlich signalisiert hatte, dass er bereit war. Panik stieg in ihm auf. Sein Hirn war völlig leer.

Welcher war noch gleich der erste Song? Welchen hatte Dylan gerade angekündigt? Und wie ging es danach weiter? Hatten wir die Reihenfolge geändert? Oder doch nicht? Konzentrier dich! Du Trottel! Hör einfach zu, welches Intro Darrel spielt. Schließlich hast du diesen verdammten Schwachsinn selbst geschrieben! Nein, habe ich nicht. Genau das ist mein Problem!

Ihm stand der Schweiß auf der Stirn. Er sah, wie Lou ihn erschrocken ansah und wild gestikulierte. Was meinte sie damit? Darrel begann zu singen, als wäre nichts passiert.

Jetzt hasst er mich!, schoss es Socks durch den Kopf. *Und was will diese Verrückte nur von mir? Konzentrier dich, verdammt noch mal! Das kann doch nicht so schwer sein! Nach der ersten Strophe löst du Darrel ab. Schau zu ihm! Schau ihm auf die Lippen! Vier, drei, zwo, eins.*

Ihm blieb der Mund offen stehen, und Darrel sang nach einem kurzen Blickkontakt stirnrunzelnd auch die zweite Strophe. Lou war in der Ecke neben Darrel auf die Bühne geklettert, der scheinbar seelenruhig weitermachte.

Verdammt! Was treibt diese Frau? Kann sie nicht warten, bis sie sich nach dem Gig in ihrem Schnuckiputz verkrallen darf?

Angestrengt blickte er zu Darrel und überlegte krampfhaft, wie die dritte Strophe lautete, doch die Worte der zweiten, die sein Bandkollege gerade sang, irritierten ihn. Alles war weg! Plötzlich packte Lou von hinten Socks am Ärmel, drückte ihm die Setlist in die Hand und deutete auf Dylan. Sie hielt beide Handflächen waagerecht aneinander und bewegte sie in gegensätzliche Richtungen. Da kapierte er, was sie meinte: Dylan wäre beinahe auf dem Papier ausgerutscht. Das hätte bei seiner waghalsigen Akrobatik auf der winzigen Bühne tatsächlich böse ins Auge gehen können.

Darrel sang den Song zu Ende, während Socks seine Nerven sortierte, und Lou sich von der Bühne gleiten ließ. Als der hagere Kerl Anstalten machte, ebenfalls hochzuklettern, sah Socks wütend auf ihn hinab und deutete einen Tritt mitten in die Fresse an. Danach zog er den Rest des Gigs souverän und ohne Zwischenfälle durch.

Nach dem letzten Song sah er hinüber zu Lou, Sarah, Gil und Maggie, die links in der Ecke vor der Bühne standen. Lou sah verweint aus, lächelte aber zärtlich Darrel an, der vor ihr in die Hocke ging.

Socks dachte an seine Mutter und fühlte die Hilflosigkeit und das vage Schuldgefühl in sich aufsteigen, die er als Kind empfunden hatte, wenn er seine Mutter mit verweinten Augen gesehen hatte. Sie hatte stets gelächelt und beteuert, alles sei in Ordnung. Doch nichts war in Ordnung gewesen. Das hatte er damals gefühlt.

***

»Ich bringe ihn um«, sagte Darrel in der U-Bahn zu mir und schenkte mir sein Verstandkillerlächeln. »Erst stopfe ich ihm den Rest der Setlist in sein dummes Maul, und dann erwürge ich ihn. Wenn man ihn findet, ragt eine Papierecke mit den Worten *Cheerio, Miss Sophie* aus seinem Mund. Das wird die Ermittler auf eine falsche Spur locken.« Wir kuschelten uns eng aneinander, während die Bahn laut rumpelnd durch die Röhre bretterte.

Ihm ging es inzwischen besser, und auch ich hatte mich endlich beruhigt. Da Gil sein Auto vollgeladen hatte, waren wir alle zusammen und lediglich mit leichtem Gepäck unterwegs. Nur Socks und Dylan waren abhandengekommen. Vermutlich hatten sie mit geübtem Blick die einzigen zwei fremden weiblichen Zuhörer im Publikum entdeckt. Von ihnen konnte selbst ein Adler noch etwas lernen.

»Alles okay bei euch?« Sean, dessen Gitarrenkoffer ich zwischen die Beine genommen hatte, beugte sich von seinem Stehplatz aus zu uns herunter und lächelte freundlich.

»Alles bestens! Wir schmieden gerade ein Mordkomplott und bräuchten ein Alibi.« Darrels Gedanken kreisten offenbar noch immer um Socks.

»Ihr seid die ganze Zeit bei mir gewesen, und ich habe nichts von einem Mord mitbekommen. Klingt das überzeugend?«, fragte Sean.

Wir lachten, denn es klang tatsächlich sehr natürlich. Vor ihm musste man sich definitiv in Acht nehmen.

»Ich habe übrigens wirklich nichts mitbekommen!«, gestand er. »Warum hat Socks die Setlist zu Dylan geschoben?«

Ich erzählte ihm von dem Zuschauer, und wie eines zum anderen geführt hatte. »Socks kann nichts dafür. Er hat sich bestimmt nichts dabei gedacht und wollte sie nur in Sicherheit bringen.«

»Dylan hat er dadurch alles andere als in Sicherheit gebracht.« James stand neben Sean und hatte zugehört. »Ich habe auch nicht gesehen, was los war. Socks nahm die Hände aus den Taschen und machte irgendeine Akrobatik mit dem linken Bein. Aber da er ständig herumhampelt, achtete ich nicht darauf und war nur froh, dass es so erstaunlich früh losgehen sollte, nachdem Dylan schon eingesprungen war.«

»Ab sofort nimmt Dylan die Sache komplett in die Hand und gibt dir auch das Zeichen, wenn unser Singer/Songwriter mal wieder vom Sandmann niedergeknüppelt wird«, schlug Sean vor. »Wenn wir auf den warten wollten, müssten wir bei jedem Gig eine Woche Urlaub nehmen.«

»Auf der Tour hatte er das Problem nicht. Keine Ahnung, was heute mit ihm los ist.« James schüttelte lachend den Kopf.

»Socks ist immer für eine Überraschung gut. So kennen und lieben wir ihn.« Darrel wandte sich an mich: »Erinnere mich vor dem nächsten Gig daran, dass ich sterile Gummihandschuhe mitnehme, damit ich an seinem Hals keine Spuren hinterlasse.«

»Erlebt er den nächsten Gig?«, fragte ich.

»Guter Einwand!«, lobte mich Darrel. »Vergiss es wieder. War ein Denkfehler.«

Neben mir wurden zwei Plätze frei. Da Sean und James stehenbleiben wollten, rückten Maggie und Sarah nach, die ein Stück weiter vorn gesessen hatten.

Maggie sah mich prüfend an. »Geht es dir besser?«

»Ja«, antwortete ich kleinlaut. Mein Nervenzusammenbruch war mir furchtbar peinlich.

»Wenn ich mich jedes Mal so aufregen würde, wenn ich hinter dem Spinner aufräumen muss, würde ich nur noch heulen«, meinte sie munter, was mich aber nicht wirklich tröstete.

»Ich hasse es, wenn mich Fremde anstarren«, erklärte ich ihr. »Im ersten Moment war es mir egal. Ich beobachtete nur, wie Dylan ständig haarscharf an der Setlist vorbeihopste, und konnte das Elend nicht mehr länger mit ansehen.«

»Ach, ein bisschen Schwund ist immer! Ursprünglich waren wir mal zehn in der Band«, behauptete Darrel, legte seine Hände um einen imaginären Hals, drückte zu und schüttelte sein für uns unsichtbares Opfer anschließend wie einen Cocktailshaker.

»Erst danach, als ich es hinter mir hatte, gingen mir die Nerven durch!«, gestand ich verschämt.

»Das hast du toll gemacht!« Seans Lob klang wie das eines Grundschullehrers beim Anblick meiner ersten Schreibversuche. Er wandte sich an Sarah: »Und du musst die Geige tragen?«

»Kein Problem«, antwortete Sarah und lächelte.

»Und wo befindet sich der dazugehörige Geiger?«

»Er ist mit Socks etwas trinken gegangen. Kein Problem.« Sie lächelte verkniffen und krallte sich so am Geigenkoffer fest, dass ihre Fingerknöchel weiß wurden.

Während Sean und Darrel duschten, halfen wir anderen Gil beim Ausladen. Maggie wollte ihm einen Schein in die Hand drücken. Er erklärte ihr jedoch mit erstauntem Gesicht, dass er selbstverständlich eine Rechnung schreiben werde, und bedankte sich, dass er als unser Roadie keinen Eintritt zahlen musste.

Sie lud ihn zur Nachbesprechung ein, doch er wollte lieber nach Hause und verabschiedete sich mit einer lässigen Handbewegung. Ich wurde noch immer nicht so recht aus ihm schlau, mochte ihn aber sehr.

James ging unter die Dusche, und wir anderen versammelten uns im Proberaum. Als er kurz darauf nachkam, schlug Sean sein Notizbuch auf.

»Eigentlich gibt es nicht viel zu besprechen«, sagte Sean. »Den ersten Song verbuchen wir als künstlerische Freiheit mit sympathischem Überraschungsgast. Und der Rest lief ganz nach Plan.«

»Du hast sehr hübsch auf der Bühne ausgesehen«, meinte Sarah lächelnd zu mir. »So, als würdest du dazugehören! Kein Problem.«

Ich lächelte zurück und fragte mich, ob ihr überhaupt klar war, was Bühnenangst bedeutete. Als ich da oben Dylan auf mich aufmerksam gemacht hatte, um nicht umgerannt zu werden, war mir völlig egal gewesen, ob meine Frisur gesessen oder mein Outfit zum Anlass gepasst hatte.

»Ich springe beim Singen nicht gern für Socks ein.« Darrel runzelte verärgert die Stirn. »Die Songs sind auf seine Stimme ausgerichtet und für mich etwas zu tief. Außerdem stresst es mich, wenn ich gleich zu Beginn improvisieren muss. Da finde ich nicht in meine Routine und springe erst recht im Achteck. Wenn ich dann noch zusehen muss, wie meine Freundin sich zu etwas zwingt, das sie abgrundtief hasst, ist bei mir der Ofen aus. Soll in Zukunft der eine Spinner die Setlist in die Hosentasche stecken und der andere darauf achten, wo er hinhüpft.«

»Wir müssen endlich auf größeren Bühnen spielen!«, stellte James grinsend fest. »In den Pubs sitze ich da hinten fast auf Augenhöhe mit dem Publikum. Die Bühne geht manchen Leuten gerade mal bis zum Oberschenkel.«

»Ja, und wir brauchen Security wie jeder ordentliche Star.« Sean zwinkerte. »Man muss uns diese aufdringlichen Fans vom Hals halten, damit wir ungestört unsere Kreativität und unsere Setlist entfalten können.«

»Aber selbst dann müsste Dylan aufpassen, wohin er hopst. Wenn Socks von der Damenwelt mit Höschen beworfen wird, kann man darauf ebenso ausrutschen wie auf Papier.« Darrel grinste.

»Von solch einem Tod träumt doch ein waschechter Rockstar!« James feixte.

»Herrenslips können wir gern nach hinten weiterreichen«, bot Sean großzügig an.

»Nicht nötig. Männer können angeblich besser werfen als Frauen. Wenn die Boxershorts bei euch landen, dann seid ihr auch gemeint«, konterte James.

Sean verzog das Gesicht. »Ich glaube, ich lege mir dann ebenfalls einen Hut zu. Oder besser einen Motorradhelm.«

Es klingelte.

»Gil hat wohl etwas vergessen.« Sean, der am nächsten an der Tür saß, sprang von seinem Barhocker auf und ging öffnen. »Oh! Welch hoher Besuch! Was verschafft uns denn die Ehre?«

»Hi!« Socks schenkte uns ein strahlendes Lächeln, stellte vorsichtig eine halbvolle Flasche Wein an die Wand, die der Besucherbank gegenüberlag, und setzte sich auf den Boden. Dylan nahm neben ihm Platz und winkte uns fröhlich zu.

Wir grüßten grinsend zurück. Nur Sarah machte ein verschrecktes Gesicht. Sie tat mir sehr leid. Bei ihr weckte die Situation sicherlich äußerst unangenehme Erinnerungen.

»Ich sehe, ihr wart volltanken«, stellte Darrel feixend fest.

»Gerry hat uns einen Freundschaftspreis gemacht, als er gehört hat, dass wir auf unsere Freundschaft trinken wollen.« Socks prostete uns zu und nahm einen Schluck.

Dylan lehnte den Kopf an die Wand und wehrte dankend ab, als Socks ihm die Flasche reichte.

»Ist die Nachbesprechung schon vorbei?«, fragte dieser interessiert.

»Ja, du warst scheiße!«, stellte James fest. »Mehr fiel uns nicht ein.«

»Also nichts Neues.« Socks lächelte uns an. »Darrel kann ohnehin alles besser als ich. Lasst ihn einfach meinen Job machen und schickt mir gelegentlich eine Ansichtskarte aus den Pubs.«

»Kriegst du jetzt deinen Moralischen?«, fragte James.

»Nö, ich stelle das nur ganz ruhig und sachlich fest. Wir sind schließlich bei der Nachbesprechung. Da soll doch alles ganz ruhig und sachlich auf den Tisch. Darrel singt besser als ich, spielt besser Folkgitarre als ich – weshalb ich ihn zwinge, Banjo zu spielen, damit es nicht so auffällt. Er schreibt bessere Songs als ich, sieht besser aus als ich und hat zierlichere Füße als ich.«

»Ich glaube, du hast genug für heute.« Darrel stand auf, ging hinüber und beugte sich zu ihm hinunter.

In Sekundenschnelle griff Socks nach der Flasche und hielt sie fest. »Er ist nüchterner als ich, und er ist größer als ich. Zumindest wirkt das gerade so.«

Darrel ging in die Hocke. »Besser? Komm, gib mir die Flasche.«

»Kann ja sein, dass du mit der Grinsefresse in eurem Musterhaushalt der heimliche Boss bist, aber bei mir zieht das nicht, du Suppenküchenchef.«

»Komm, gib mir die Flasche. Du bekommst sie morgen wieder. Wo ist der Korken?«

»Habe ich nicht mehr. Das ist nur eine Transportsicherung für den Weg zum Endverbraucher.«

»Und der Endverbraucher bist du?«

»Und Dylan! Von wegen Freundschaft und so. Du weißt schon.«

»Wie könnt ihr von der Menge schon dermaßen dicht sein?«, erkundigte sich Sean verwundert.

»Soll ich es ihm sagen?«, fragte Darrel lachend.

»Genau! Das habe ich vergessen! Darrel kann bei Weinflaschen auch besser bis drei zählen als Sean!« Socks lachte lauthals.

»Zumindest wissen wir jetzt, was dir beim ersten Song durch den Kopf ging«, stellte Sean fest.

»Falsch. Ich war stocknüchtern. Finde den Fehler.«

»Stimmt«, pflichtete ihm Dylan bei. »Wir wollten auch mal nüchtern auf die Bühne gehen.«

»Hat ja auch geklappt. Wir schafften es gleich im ersten Anlauf bis ganz nach oben«, bestätigte Socks. »Wir hatten absolut keinen Alkohol getrunken. Erst nach dem Gig, als wir durstig waren. Auf unsere Freundschaft!« Er prostete Dylan zu und trank einen Schluck. Der lehnte die Flasche ab und sah vor sich auf den Boden.

Socks ließ sich nicht beirren. »Und auf unsere Freundschaft mit Lou, der Königin aller rutschigen Setlists.« Er prostete mir zu und nahm noch einen Schluck.

»Du hast mir das Leben gerettet!« Dylan lächelte mich traurig an. Dann schien sein Blick weiter zu Sarah zu wandern, die still und ernst neben mir saß, und er schlug die Augen nieder.

»Jetzt mach mal halblang.« Ich lachte. »Ich habe höchstens deinen Hintern gerettet. Wortwörtlich. Mehr nicht.«

»Sein Hintern ist sein Leben. Die Frauen stehen drauf«, erklärte mir Socks. »Aber das verstehst du nicht. Du stehst auf Hüte.«

Dylan vergrub sein Gesicht in den Händen.

»Und weil wir vorher nichts getrunken haben, können wir jetzt doppelt so viel trinken wie sonst am ganzen Abend«, fuhr Socks fort und strahlte uns herausfordernd an.

»Ich glaube, ich kann zumindest besser rechnen als du«, stellte Darrel fest. »Komm, gib mir die Flasche!« Er griff danach, doch Socks hielt sie umklammert.

»Darrel, ich schätze dich sehr als Freund und bewundere dich fast noch mehr als Songwriter, aber ich breche dir gleich jeden einzelnen Finger, mit dem du gerade meine Flasche berührst.«

Darrel ließ los und richtete sich wieder auf. »Socks, ich schätze dich ebenfalls sehr als Freund. Und ich liebe deine Schlagfertigkeit, aber wenn du nüchtern bist, bist du entschieden witziger.«

»Ich kann dir die Flasche nicht geben«, flüsterte Socks.

»Warum nicht? Ich trinke ganz bestimmt nicht daraus.«

»Dann hättest du doch bei dem Punkt auch noch gewonnen.« Socks lachte.

Maggie schenkte ihm einen vernichtenden Blick. »Ich will kein Spielverderber sein, aber wenn ihr in dem Tempo weitertrinken wollt, kotzt bitte in eure Wohnung. Dort fällt der Geruch nicht auf.«

Ich stand auf, ging zu Socks und streckte die Hand aus. Er gab mir die Flasche und zwinkerte mir zu.

»Schafft ihr es allein ins Bett, oder sollen wir euch die Treppen hinaufschieben?«, fragte Sean.

»Vielleicht aufhelfen?« Socks lächelte jungenhaft. »Der Rest ist kein Problem. Da sind wir weitaus Schlimmeres gewöhnt.«

Darrel und ich zogen ihn hoch.

»Tut mir ehrlich leid, dass du meinetwegen geweint hast«, sagte Socks zu mir, als er stand. »Ich habe das alles nicht mit Absicht gemacht.«

»Das war nicht deinetwegen«, antwortete ich erstaunt.

»Tut mir trotzdem leid. Einfach so.«

Sarah ging zu Dylan und half ihm hoch. »Ich komme mit«, sagte sie lächelnd »Damit euch auf der Treppe nichts passiert. Kein Problem.«

Da sah ich die Tränen in Dylans Gesicht.

***

Socks schlurfte gerade durchs Wohnzimmer, um sich in der Küche einen Kaffee zu machen, als es klopfte. Er überlegte kurz und ging dann zur Tür.

»Du hast Glück, dass ich in der Nähe war. Wenn ich schon weiter gewesen wäre, wäre ich nicht noch mal zurückgegangen«, begrüßte er Sean.

»Das nennt man Timing.« Sean hielt ihm einen der zwei dampfenden Kaffeebecher hin, die er mitgebracht hatte.

»Das nennt man Hellseherei! Danke!«

»Das nennt man Service! Schläft Dylan noch?«

»Natürlich. Ist doch erst sieben. Und Sonntag. Selbst wenn er einen Koller kriegt und plötzlich in die Kirche will, kann er sich nochmal umdrehen.«

»Muss er nicht zur Arbeit?«

»Nein, Dad, er muss heute erst zur zweiten Schicht antanzen. Sonst hätten wir gestern nicht getrunken.«

»Sorry! Geht es ihm gut?«

»Ja, Dad! Ich kann aber gern bei ihm rein-schauen, die Decke wegziehen, verflucht und raus-geworfen werden und Bericht erstatten, wenn es dich beruhigt.«

»Gut. Möchtest du seinen Kaffee?«

»Tja, dann opfere ich mich eben.« Socks nahm ihm grinsend den Becher ab. »Okay, schieß los!«

»Bitte?«

»Wir sollen weniger trinken und dafür mehr Ge-müse essen und flott spazieren gehen. Sonst noch was?«

»So hätte ich es nicht ausgedrückt, aber inhalt-lich kommt es hin. Mir geht es um etwas anderes, aber das sollten wir besser dann besprechen, wenn sich dein Kater verabschiedet hat.«

»Komm rein und setz dich. Kaffee?« Socks hielt ihm grinsend den zweiten Becher hin.

Sean lachte und nahm ihn zurück. Sie machten es sich auf dem Matratzenstapel bequem.

Socks schlug vor: »Spielen wir Säufer-Bingo: Du erzählst, worum es geht, und jedes Mal, wenn du eines der folgenden Wörter benutzt, trinke ich ei-nen Schluck aus der Flasche von gestern …«

»Ist die gar nicht leer?«

»Nö, Dylan hat schlappgemacht und ich trinke nicht allein. Ich bin schließlich kein Suffkopf. Au-ßerdem steht die noch irgendwo im Proberaum oder unten bei Lou herum, fällt mir gerade ein. Mist! Egal! Kann ich später nachholen. Also, das hier sind trotzdem die Wörter: Alkohol, gefährlich, Sauferei, Leber, Whisky, Wein, Bier, Setlist, Kater.«

»Darrel darf ich erwähnen?«

»Ja. Der hat ja nichts mehr mit Alkohol zu tun.«

»Habt ihr Streit?«

»Nö. Wie kommst du darauf?«

»Kannst du dich erinnern, was du gestern vom Stapel gelassen hast?«

»Ganz grob im Großen und Ganzen.«

»So komme ich darauf.«

Socks stöhnte, stellte den Kaffeebecher auf den Boden und rieb sich die Augen.

»Kopfschmerzen?«, fragte Sean.

»Nö. Reizüberflutung! Ich habe so viel gesagt, dass es mich erschlägt, wenn ich daran denke.«

»Glaub mir: Das ging uns gestern auch so.«

»Es ist kompliziert.«

»Das klingt wie ein Beziehungsstatus bei Facebook.«

»Ich habe Angst, dass er die Band verlässt und wir uns bei den Songs nicht einigen können.«

»Gibt es einen konkreten Anlass für die Befürchtung?«

»Ich weiß es nicht.«

»Bauchgefühl?«

»Kann man so nennen.«

»Ich nenne es Schwachsinn.« Sean nahm einen großen Schluck Kaffee. »Du verhältst dich wie jemand, der seine Ehe zerstört, weil er seinen treuen Partner so lange mit seiner grundlosen Eifersucht verfolgt, bis dem gar nichts anderes übrigbleibt, als ihn zu verlassen.« Sean nahm noch einen Schluck und sah Socks über den Rand des Bechers an.

»Okay. Und nun bitte den tiefenpsychologischen Hintergrund dieses Fehlverhaltens.«

»Man fühlt sich minderwertig und kann sich nicht vorstellen, dass die Partnerschaft auf gegenseitiger Zuneigung und Wertschätzung basiert. Und vor allem Vertrauen.«

»Du meinst, tief in unserem Innern haben Darrel und ich einander lieb?«

»Ja, so könnte man es auch ausdrücken, wenn man nicht ganz dicht wäre. Du musst ihm aber morgen keine Rosen kaufen. Es reicht, wenn du ihn nicht mehr vor versammelter Mannschaft mit deinem albernen Neid konfrontierst.«

»Das war bescheuert.«

»Ja.«

»Ich habe absolut keinen Plan, wie ich aus der Nummer wieder herauskomme. Ein nächtliches Ständchen vor dem offenen Fenster kann ich ihm nicht singen, weil es bei mir mit der Gitarrenbegleitung kräftig hapert, und ihn mit einem Wochenende in Paris zu überraschen, kann ich mir nicht leisten.«

»Ich würde gern in die Setlist für den Gig in zwei Wochen eine von Darrels Balladen aufnehmen. Mach du ihm bis zur nächsten Probe diesen Vorschlag und hilf ihm, eine auszuwählen.«

»Und wenn er Nein sagt?«

»Warum sollte er Nein sagen?«

»Das sind seine Songs.«

»… sprach der eifersüchtige Ehemann. Frag ihn. Dann weißt du es.«

5. Zurück auf Anfang

Nach dem Lunch fuhren Darrel und ich mit der U-Bahn bis zur Station *Hyde Park Corner* und gingen händchenhaltend im Park spazieren. Es war ein milder, sonniger Dezembertag, und Darrel hatte sich das Ziel gesetzt, mich an jeder Abzweigung zu küssen. Dementsprechend langsam kamen wir voran. Bald war mir klar, wohin uns der Spaziergang führen würde, und mir wurde ganz sentimental ums Herz.

»Wusste ich doch, dass sie dahinschmelzen wird, wenn wir die Kensington Gardens betreten.« Darrel schenkte mir sein Verstandkillerlächeln, und mein Hirn fragte sich zum Abschied, was er nur von mir wollen konnte.

Wir setzten uns wie damals vor etwa vier Monaten auf die Stufen vor dieser albernen Statue und knutschten ausgiebig. Als mich langsam Zweifel überkamen, ob das eigentlich noch jugendfrei war – schließlich war Sonntag und Peter Pan womöglich ein Anziehungspunkt für Familien mit kleinen Kindern – nahm er seine Zunge aus meinem Mund und schenkte mir Verstandkillerlächeln Nummer zwei.

»Okay, raus mit der Sprache! Wie viele Monate geht ihr ohne mich auf Tour?«, flüsterte ich und legte meinen Kopf an seine Schulter.

»Ja, sie kennt inzwischen mich und meine Tricks.« Er lachte. »Aber ich will dich zu nichts überreden. Das mache ich lieber direkt nach dem

Sex, um auf Nummer sicher zu gehen, dass deine Denkfähigkeit vollständig außer Kraft gesetzt ist. Ich wollte heute einfach nur hierher zurückkehren. An den Anfangspunkt sozusagen.« Er ergriff meine Hand.

»Ich hoffe nicht, um es dort zu beenden, wo alles begann.«

»Nein, so etwas Verrücktes wie dich trifft man nur einmal im Leben. Das sollte man nicht leichtfertig aufgeben.«

»Gerade jetzt, wo ich den Dreh heraushabe, wie man den Eintopf weder zu dick noch zu dünn werden lässt.«

»Genau! So was wirft man doch nicht weg!«

»Eigentlich hättest du mich aber nach Soho auf den Gehweg vor diesem ulkigen Pub schleppen müssen. Denn dort hat wirklich alles begonnen.«

»Ich war mir nicht sicher, ob sie da schon die Kotze von gestern Nacht beseitigt haben.«

»Auch wieder wahr.«

Er wurde ernst. »Ich weiß nicht, wie ich es dir erklären soll, ohne dass du Panik bekommst.«

»Jetzt habe ich Panik. Schieß los!«

»Ich mache mir Sorgen wegen des Brexits.«

»Warum? Besitzt du Bankaktien?«

»Die habe ich schon lange abgestoßen und dafür in Damenschuhe investiert. Millionen Frauen können sich nicht irren.«

»Dann ist doch alles in Butter. Die Dinger werden von Jahr zu Jahr teurer.«

»Was wird aus dir? Werden sie dich aus dem Land werfen?«

»Ich weiß es nicht«, sagte ich ehrlich. »Ich kann mir nicht vorstellen, dass sie uns alle von heute auf morgen rausschmeißen.«

»Ich möchte dich gern heiraten, damit du nach drei Jahren die Britische Staatsbürgerschaft bekommen kannst.«

Ich wusste nicht, was ich sagen sollte, und sah ihn nur völlig verdattert an.

»Du bist geschockt.«

»Nein, nicht geschockt. Überrascht. Das ist unheimlich lieb von dir. Ich habe damit nicht gerechnet.«

»Weil wir erst vier Monate zusammen sind.«

»Ja.«

»Macht es einen Unterschied, ob wir verheiratet oder unverheiratet zusammenleben?«, fragte er mich lächelnd.

»Nein.«

»Normalerweise ist es ein Argument gegen die Ehe. Aber eigentlich auch dafür.«

»Der Brexit ist kein Argument für eine Ehe.«

»Ich hätte wohl doch rote Rosen und einen Ring kaufen sollen.« Er lachte.

»Tja, ohne Ring kannst du sowieso nichts erwarten.« Ich küsste ihn zärtlich. »Nein, ich denke, wir sollten uns nicht verrückt machen und uns noch ein bisschen Zeit lassen.«

»Wie lange?«

»Frag mich nächstes Jahr und ich werde Ja sagen. Versprochen!«

»Okay.« Da war es wieder das Verstandkillerlächeln, und ich stand kurz davor, alles umzuwerfen und doch sofort Ja zu sagen. Wovor hatte ich hier Angst?

Als wir nach Hause kamen, hing ein fremder Mantel über einer Stuhllehne.

»Andy ist da«, stellte Darrel fest.

Er hängte unsere Jacken weg und schloss die Tür zu dem kleinen Flur, von dem hier merkwürdigerweise nicht die Wohnungstür abging. Die führte direkt ins Wohnzimmer. Über die kuriose Architektur Londoner Wohnungen machte ich mir schon lange keine Gedanken mehr. Man war dort beim Aufteilen der Häuser in kleinere Wohneinheiten offensichtlich sowohl pragmatisch als auch kreativ vorgegangen.

»Kennst du seine Garderobe auswendig?«, fragte ich verwundert.

»Nein, aber James und ich haben ein Zeichen vereinbart. Was wir im Sommer machen werden, wissen wir noch nicht. Vielleicht wohnt Andy bis dahin ebenfalls hier, falls seine Bude in Finchley abbrennt. Soll vorkommen …« Er nahm die Gitarre aus ihrem Koffer.

»Wozu braucht ihr ein Zeichen?«

»Weiß ich auch nicht. Muss wohl irgendetwas mit Hunden oder Katzen zu tun haben, schätze ich.« Er feixte, und ich wurde rot.

»Ich mache mir einen Tee. Möchtest du auch einen?«, fragte ich und ging in die Küche.

»Mmh.«

»Wie bitte?«, rief ich.

»Ja danke. Sorry, ich hatte gerade ein Plektrum im Mund.«

119

»Wir haben auch Kekse da. Du musst kein Plektrum essen.«

»Die Kekse brauche ich, wenn ich Gitarre spiele. Die dürfen wir nicht alle aufessen.«

»Ich habe leider keine Ahnung von Musik.«

»Musik? Wir machen doch keine Musik! Wie kommst du darauf?«

»Es klingt manchmal so.«

»Muss Zufall sein. Oder du hast wirklich keine Ahnung.«

Ich startete den Wasserkocher.

Kurze Zeit später zuckte ich zusammen, als James mir auf die Schulter tippte und eine bettelnde Geste machte. Lachend schaltete ich das Gerät aus und füllte mehr Wasser hinein, was mir ein gewinnendes Lächeln und ein Schulterklopfen einbrachte.

»Hat deine Stimme heute Ruhetag?«, fragte ich ihn.

»Nein, aber die Geschichte hat gezeigt, dass man immer aufpassen muss, wem man eine Stimme gibt.«

Als ich das Teetablett ins Wohnzimmer brachte, spielte Darrel mit geschlossenen Augen kurze Tonfolgen auf der Gitarre.

Andy und James kuschelten miteinander auf der längeren Seite der Eckcouch.

Ich goss ein, verteilte die Becher und fragte Andy, wie er seinen Tee trinken wollte.

Er lächelte unsicher. »Mit Milch, ohne Zucker. – Ist es eigentlich in Ordnung, wenn ich James küsse?«

Ich konzentrierte mich aufs Eingießen und antwortete mechanisch: »Das musst du James fragen.«

Erst das schallende Gelächter von James und Darrel ließ mich den tatsächlichen Sinn der Frage begreifen.

»Ich bin selbst schuld«, sagte Andy und blickte etwas belustigt. »James hat mich gewarnt, dass du mein Problem gar nicht verstehen wirst.«

»Jetzt antwortet sie bestimmt gleich: *Wenn du ein Problem damit hast, James zu küssen, dann solltest du es natürlich besser sein lassen*«, äffte James meinen Akzent nach.

Ich bekam einen richtiggehenden Lachanfall und ließ mich in die Ecke der Couch plumpsen. Als ich mich beruhigt hatte, sagte ich zu Andy: »Du hast kein Problem. Manche Leute haben anscheinend eines mit dir, aber das ist ihr Problem.«

»Wisst ihr, was ich richtig eklig finde? Filmküsse!« James machte ein angewidertes Gesicht.

»In wie vielen Hollywoodproduktionen hast du denn schon herumgeknutscht?«, fragte Andy gespielt interessiert.

»Bäh! Das selbst zu machen, wäre ja noch ekliger!« James lachte. »Nee, man sitzt im Kino und sieht zu, wie zwei Leute sich küssen, die in Wirklichkeit mit ganz anderen Leuten liiert sind. Manche können sich nicht einmal ausstehen, oder hassen sich abgrundtief. Die machen das nur für Geld. Widerlich!«

»Oder finden es toll und lassen sich anschließend scheiden, um den Filmpartner heiraten zu können. Bis zum nächsten Filmkuss mit einem anderen Schauspieler«, ergänzte Darrel.

»Du scheinst dich auszukennen«, stellte ich grinsend fest.

Er machte eine wegwerfende Handbewegung. »Hollywoodschauspielerinnen! Kennst du eine, kennst du alle. Man kann sie kaum auseinanderhalten, sobald ein Scheinwerfer ausfällt.«

»Das ist übrigens wirklich so«, sagte James ernst. »Je durchschnittlicher ein Gesicht ist, desto schöner finden wir es. Deshalb sind schöne Menschen viel einfacher zu zeichnen als hässliche, weil das Ergebnis dem Modell eher ähnlichsieht. Aber was ich sagen wollte: Wenn ich Andy auf der Straße zur Begrüßung küsse, dann motzen uns manchmal Leute an, die sich sicherlich abends eine Schmonzette nach der anderen reinziehen und gar nicht genug gaffen können. Aber von uns fühlen sie sich belästigt.«

»Ich dachte, in der Großstadt sind die Leute toleranter«, sagte ich erstaunt.

»London ist keine Großstadt, sondern eine Ansammlung von vielen Dörfern rund um Soho«, belehrte mich James zwinkernd.

***

»Warum hast du keinen Ton gesagt?«, fragte Socks. »Ich konnte nicht ahnen, dass du richtig, ehrlich und aufrichtig in sie verliebt bist.«

»Hättest du es mir geglaubt?« Dylan setzte sich neben ihn auf den Matratzenstapel.

»Warum nicht?«

»Keine Ahnung.«

»Und jetzt? Brauchst du heute sturmfreie Bude?«

»Sag mal, was hältst du von ihr?«, fragte Dylan entrüstet.

»Zum ungestörten Händchenhalten, Seufzen und Einander-ganz-tief-in-die-Augen-schauen natürlich.« Er schlug sich mit der rechten Hand auf die linke. »Böser Socks! Unterstellt immer gleich irgendwelchen Schweinkram!«

»Und da wunderst du dich, dass ich nicht darüber reden will?«

»Trotzdem kann ich mich heute dünnmachen, wenn du willst.«

»Wozu? Seit sie mich gestern in dem Zustand gesehen hat, ist sie bestimmt kuriert.«

»Klar! Sie hasst dich abgrundtief! Deshalb hat sie dir die Treppen in den zweiten Stock hochgeholfen. Sie wollte sicherstellen, dass du auch wirklich ein für alle Mal und auf Nimmerwiedersehen aus ihrem Erster-Stock-Leben verschwindest und nicht den Rest der Nacht wimmernd an ihrer Tür kratzt.«

»Sie zieht hier ohnehin bald aus.«

»Woher weißt du das?«

»Hat sie mir letztens erzählt. Sean hilft ihr gerade dabei, ihr Leben komplett umzukrempeln. Sie hatte eine Weile Probleme mit ihrem Arbeitgeber in Glasgow, weil sie von heute auf morgen abgehauen ist, ohne ordentlich zu kündigen.«

»Sie ist doch krankgeschrieben!«

»Nur noch wenige Tage. Danach müsste sie zurück. Aber er hat mit denen gesprochen, und vermutlich, um ihn endlich loszuwerden, haben sie sich geeinigt, und sie bekommt ein Zeugnis. Die Ärztin, die ihr Handgelenk untersucht hatte, hat einen saftigen Bericht geschrieben, und Sean hat Sarah überredet, Anzeige zu erstatten. Scheidung hat sie auch eingereicht.«

»Super! Dann steht einem neuen Glück doch nichts im Wege!«

»Einem neuen Glück im St Thomas' Hospital und dessen Schwesternwohnheim.«

»Haben die dort keinen Mobilfunkempfang?«

»Wozu soll ich sie anrufen? Du sagst doch selbst, dass sie so Typen wie uns nicht braucht.«

»Dann brauchst du eben eine Typberatung. Der neue Dylan! Diesen Winter erhältlich in den Trendfarben Verknallt-Rot, Ehrlich-Grün und Treu-Blau!«

»Für dich ist alles ein Witz.«

»Ich kann nicht anders. Frauen stehen auf Humor.«

»Mir geht es nicht um Frauen, sondern um Sarah.«

»Eines hat sie gestern aber doch gemerkt: Du wirst nicht aggressiv, laut oder gewalttätig, wenn du getrunken hast. Du heulst bloß still vor dich hin.« Socks grinste.

»Wow! Bekomme ich jetzt einen Kuchen als Preis? Ich habe ihr trauriges Gesicht gesehen und wusste in dem Moment genau, wie enttäuscht sie von mir ist. Deine Bemerkung über die Wirkung meines Hinterns auf Frauen hat ihr dann den Rest gegeben. Sie zuckte richtig zusammen.«

»Tut mir ehrlich und aufrichtig leid!«

»Das konntest du ja nicht wissen. Aber ich habe mich bis auf die Knochen blamiert und kann ihr nie wieder in die Augen sehen. Zum Glück kam ich heute zu spät nach Hause fürs gemeinsame Essen. Wie ich das die nächsten Tage mache, weiß ich echt noch nicht. Wahrscheinlich steige ich wieder auf Fast Food um, bis sie ausgezogen ist.«

»Blödsinn! Ihr zwei wart so niedlich! Sarah, die dem verheulten Dylan die Treppe hochgeholfen und ihn in sein Schlafzimmer gebracht hat. Wenn ich nicht dazwischengegangen wäre, hätte sie dir sicher auch noch aus der Hose und ins Bett geholfen. So eifrig, wie sie dabei war.«

»Rede nicht so über sie!«

»Warum? Ich übertreibe nicht. Ich habe ihr wirklich mehrmals versichern müssen, dass ich mich ab dem Punkt um dich kümmere, falls du wirklich Hilfe brauchst. Man merkt bei ihr ganz klar die Verwandtschaft mit Sean.«

»Weißt du was? Seit heute verstehe ich, wie sich Darrel gefühlt haben muss, als er das Trinken aufgegeben hat.«

»Beschissen! Ich würde mich ganz ohne Alkohol auf Dauer beschissen fühlen!«

»Ich setze mir ab heute ein Limit, das ich nicht mehr überschreite: Am Wochenende maximal drei normalgroße alkoholische Getränke pro Abend. Und nichts mehr unter der Woche. Wie Sean.«

»Bei dem sind es an langen Abenden aber auch mal mehr.«

»Wann? Dreimal im Jahr? Jedenfalls nicht jedes Wochenende!«

»Also ich fasse zusammen: Du reduzierst ab sofort drastisch deinen Alkoholkonsum wegen einer Frau, der du nicht mehr in die Augen zu sehen wagst. Und ich darf keine Witze darüber reißen. Mann, für mich brechen harte Zeiten an!«

»Ich habe ja nicht mal ihre Telefonnummer.«

»Lade sie in den Hyde Park ein, oder wo auch immer unser kleiner Banjo-Gott seine Angebetete treffen musste, um ihre Nummer zu verdienen.«

»Kensington Gardens. Und bei denen war es andersherum. Er musste pünktlich und nüchtern antreten. Nicht sie.«

»Sie letztendlich auch. Aber egal! Im Nachhinein finde ich diese Idee echt kreativ!« Socks blickte mit einem versonnen Lächelnd aus dem Fenster. »Ich wäre da ganz bestimmt nicht hingefahren, sondern hätte mir stattdessen nach dem Gig was Doofes und Williges gesucht und fröhlich weitergetrunken. Aber wenn Darrel sich etwas in den Kopf setzt, zieht er es gnadenlos durch. Von dem könnte ich viel lernen, wenn ich nicht zu faul dazu wäre.«

»Total blöd, dass bald Winter ist, und man kein Picknick machen kann.«

»Du meist eines mit Fast Food, ohne Alkohol und mit einer Frau, der du nicht mehr in die Augen sehen kannst? Ja, die Idee klingt wirklich blöd.«

»Hast du eine bessere?«

»Yep! Aber dafür muss ich morgen erst etwas einkaufen.«

***

126

Seit mir Tamsin im Büro gegenübersaß, verbrachte ich meine Mittagspausen mit ihr. Bei schönem Wetter nahmen wir unsere Sandwiches mit in den Park. Bei Regen aßen wir sie am Tisch in der Teeküche, wo sich auch ein paar andere Kollegen in ihrer Pause aufhielten.

Obwohl wir vom Typ her grundverschieden waren, verstanden wir uns hervorragend und hatten viel Spaß beim Lunch. Sie war Vegetarierin und hatte ganz in der Nähe in einer Seitenstraße ein kleines Restaurant mit Mittagstisch entdeckt, in dem es täglich eine andere vegetarische Suppe gab.

Wir waren nun schon zum zweiten Mal dort, und ich machte ihr wieder die Freude, vor ihren Augen kein Fleischgericht zu verzehren. Anscheinend brachte mir das Bonuspunkte ein, denn sie strahlte mich geradezu an, als ich meine Bestellung aufgegeben hatte. Mir war es egal, da ich gewöhnt war, nicht täglich Fleisch zu essen.

Sie hatte Schwierigkeiten, sich einzugewöhnen. Durch ihr attraktives und sehr gepflegtes Äußeres stach sie jedem in der Männerwirtschaft, in der wir zusammen mit der Assistentin die einzigen Ausnahmen bildeten, sofort ins Auge.

John war hin und weg von ihr und hing andauernd bei uns herum. Man konnte es nicht direkt als Belästigung betrachten. Da hätten wir Martin einschalten können, der mit Sicherheit etwas unternommen hätte. Es war mehr eine fast ständige Präsenz, die Tamsin nervös machte. Andauernd tauchte er hinter ihr auf und stellte blöde Fragen. Anscheinend war in ihm plötzlich ein unstillbares Interesse an Buchführung erwacht, mit dem er ihr und mir gehörig auf den Wecker fiel und sie ganz dreist von der Arbeit abhielt. Wie er dabei selbst noch irgendetwas zustande brachte, war mir ein Rätsel.

Sie hatte gleich zu Anfang den Fehler gemacht, ihm freundlich zu antworten. Mein Rat, auf keinen Fall zu lächelnd, kam leider zu spät. Nun legte er es darauf an, sie zum Lachen zu bringen, indem er ihr dämliche Witze erzählte und sie ständig *Tammy* nannte, obwohl sie ihm gesagt hatte, dass sie das hasste. Worin dabei der Witz bestehen sollte, konnte sicherlich nur ein Psychiater schlüssig erklären.

Seit ein paar Tagen hatte John auch rein zufällig immer dann Hunger, wenn wir in die Mittagspause gingen, und setzte sich in der Teeküche neben sie. Es half nichts, die Zeiten zu wechseln. Anscheinend glotzte er ständig zu uns herüber und reagierte auf die kleinsten Anzeichen. Zum Glück wagte er es nicht, uns dreist in den Park oder ins Restaurant zu folgen. Andererseits war es sicherlich nur eine Frage der Zeit. Denn seit zwei Tagen ging er – natürlich ganz zufällig – zum selben Zeitpunkt nach Hause wie sie und hatte – natürlich ganz zufällig – grundsätzlich denselben Weg wie sie, wohin sie auch ging.

»Langsam wird mir die Sache unheimlich«, gestand sie mir heute, als unsere Suppen kamen. »Lauf du mal im Dunkeln zur U-Bahn, wenn dir so ein Irrer folgt. Dem ist überhaupt nicht klar, wie man sich dabei fühlt.«

»Ich frage mich auch, was ihm als Nächstes einfällt. Holt er dich morgens mit einem Büschel Rosen und einem Eimer Pralinen von der U-Bahn ab?

Oder singt er dir am Schreibtisch ein romantisches Ständchen?«

»Am Freitag hat er mich gefragt, ob ich mit ihm ausgehe. Als ich behauptet habe, liiert zu sein, hat er gelacht. Ist das so abwegig?«

»Du bist wahrscheinlich eine schlechte Lügnerin. Denn bei deinem Aussehen ist es eher verwunderlich, dass du solo bist.«

»Ist aber so. Wenn ich einen Freund hätte, hätte ich den längst gebeten, mal ein Wörtchen mit John zu reden.«

»Stimmt. Das könnte auch ein Grund sein, warum er dir nicht glaubt.«

»Wenn er mir heute wieder folgt, schreie ich um Hilfe.«

»Ja, tritt ihm zwischen die Beine und sage: *Ups! Sorry, John! Ich habe nicht gesehen, dass du es bist. Ich bin nachtblind, musst du wissen.*«

»Ich bringe das nicht fertig, richtig grob zu ihm zu sein, und ärgere mich hinterher immer, dass ich nicht frecher auftrete.«

»Kennst du einen Mann, der die Rolle deines Freundes spielen könnte?«

»Nein.« Sie sah mich ratlos an.

»Wir können heute gemeinsam zur U-Bahn gehen. Ich kann pünktlich Schluss machen.«

»Oh, würdest du das tun? Das wäre sehr nett von dir.«

»Ja, klar. Das ist doch ohnehin die Lösung. Bis er noch dreister wird und sich einen Teufel um mich schert.«

»Mach mir keine Angst! Ich habe schon Bedenken, dass Frank irgendwann aus Dummheit meine

Personaldaten herausrückt und John weiß, wo ich wohne. Einmal ist er mir schon gefolgt, bis ich mich in ein Nagelstudio geflüchtet habe. Das war ihm dann offensichtlich doch zu peinlich, sich dort herumzudrücken.«

»Das ist ja schon Stalking! Da musst du ihn ganz entschieden auffordern, dir nicht zu folgen.«

»Wenn er doch zufällig denselben Weg hat …« Sie klimperte mit den Augen und äffte perfekt seinen näselnden Tonfall nach.

Auf dem Rückweg zum Büro kamen wir an dem Zeitschriftenkiosk an der Ecke vorbei. Einer plötzlichen Eingebung folgend bat ich sie zu warten. Ich zog zwei Hefte mit Brautkleidern heraus und hielt sie ihr hin. »Welches findest du abschreckender für John?«

Sie lachte, wurde dann jedoch ernst. »Er glaubt mir doch nicht, dass ich einen Freund habe.«

»Was ist abschreckender: eine liierte Frau, die mit ihrem Partner eine Hochzeit plant oder eine alleinstehende Frau, die ohne Partner vorsorglich die perfekte Hochzeit plant? Das soll es übrigens tatsächlich geben.«

»Ich glaube, ich nehme beide Hefte!« Sie prustete los.

»Nein. Wenn du schon so viel Geld für deinen Anbeter ausgeben möchtest, dann nimm lieber das als zweites dazu.« Ich deutete auf eine Zeitschrift über Hochzeitsplanung. Der Titel zeigte eine schrecklich kitschig dekorierte Festtafel im Grünen. Im Hintergrund war verschwommen ein Rosenbogen mit einer völlig überdimensionierten weißen Schleife zu erkennen. Wir lachten Tränen.

John kam wenig später nonchalant zu ihrem Schreibtisch geschlendert und zuckte sichtlich zusammen, als er die Hefte entdeckte, die sie lässig neben die Tastatur drapiert hatte.

Ich ignorierte ihn und beugte mich im Sitzen etwas zu ihr hinüber. »Tamsin!«, flüsterte ich deutlich hörbar. »Mir fällt gerade ein: Weißt du, was eine besonders hübsche Geste wäre? Wenn jeder Gast eine Kleinigkeit an seinem Platz vorfinden würde. Muss nicht viel sein. Nur so eine Aufmerksamkeit für zehn oder maximal zwanzig Pfund. Als Andenken an die perfekte Hochzeit.«

»Tolle Idee! Und wenn ich zweihundert Stück bestelle, bekomme ich bestimmt zehn Prozent Rabatt!«

John entfernte sich zügig und wurde den Rest des Tages nicht mehr bei uns gesichtet.

***

Socks kürzte die Stiele der fünf roten Rosen um ein Drittel und schnitt ein Stück vom weißen Geschenkband ab, mit dem er die Blumen fest zu einem kleinen Strauß zusammenknotete. Dylan schaute ihm mit skeptischem Blick zu, wie er sich mit der Schleife verkünstelte.

»Und das verstümmelte Ding soll ich ihr nachher in die Hand drücken? Ich bin doch kein Fünfjähriger am Muttertag!«, nörgelte er.

»Schau zu und lerne vom großen Meister!« Socks band das Ende einer Schnurrolle mehrmals über Kreuz an einen Kleiderbügel und steckte dessen Haken in eine der Lücken zwischen den Blütenknospen und der Schleife, sodass der Strauß kopfüber herunterhing.

»Wir haben den großen Vorteil, dass wir über ihr wohnen und keine Leiter brauchen. Folge mir, Ungläubiger!« Er stand auf und ging in sein Schlafzimmer. Dylan kam zögerlich hinterher.

»Einen dicken Busch dunkelrote Langstielige überreichen kann jeder Depp, der genug Geld für den Quatsch und keine Angst vor den hochgiftigen Chemikalien hat, mit denen die besprüht wurden«, dozierte Socks. »Aber wenn die Angebetete abends beim Lüften im ersten Stock eine winzige Liebesgabe auf dem Fensterbrett vorfindet, beschäftigt sie sich den Rest der Nacht mit der Frage, wie diese dort hingekommen sein mag. Denn weit und breit steht weder Gerüst noch Leiter. Hat der Verehrer womöglich im Liebesrausch seinen Hals für sie riskiert? Oder kann er als erfolgreicher Fassadenkletterer mit seinen Diebestouren locker eine sechsköpfige Familie ernähren und kommt als ernsthafter Heiratskandidat in Betracht? Fragen über Fragen!«

»Und wenn sie zusätzlich einen Kleiderbügel vorfindet, beschäftigt sie sich den Rest der Nacht mit der Frage, wo sich der dazugehörige Anzug befindet, in dem der versoffene Kerl steckt, der ganz offensichtlich endgültig nicht mehr alle Tassen im Schrank hat«, maulte Dylan.

»Den Kleiderbügel ziehe ich anschließend selbstverständlich wieder hoch. Schau zu und lerne vom großen Meister!« Socks hielt die Schnur mit der daran baumelnden Konstruktion über seinen

Nachttisch und ließ den Strauß langsam hinunter, bis die Blütenknospen die Platte berührten. Er senkte ihn vorsichtig weiter ab und bewegte dabei die Schnur ein bisschen vom Nachttisch weg, so-dass die Stiele über die Kante ragten. Nun ließ sich der Kleiderbügel leicht wieder aushaken. Socks schwenkte ihn ein wenig gegen die Stiele, und der Strauß lag parallel zur Kante auf dem Nachttisch.

»Und vorher donnerst du den Kleiderbügel so lange gegen ihr Fenster, bis die Scheibe zertrüm-mert und der Weg zu ihrem Nachttisch frei ist«, spottete Dylan.

»Fensterbrett! Vom Nachttisch war nie die Rede! Du willst ja sicher nicht bis zum Sommer warten, wenn die Fenster offenstehen und die Angebetete längst ausgezogen ist.« Socks öffnete das Fenster und ließ den Kleiderbügel mit dem Strauß langsam an der Hauswand herunter. Dylan streckte neben ihm den Kopf hinaus und beobachtete stirnrun-zelnd das Experiment.

»Und wenn sie jetzt zufällig nach draußen schaut?«, flüsterte Dylan. »Dann meint sie, dass du bis über beide Ohren in sie verliebt bist und hadert mit dem Schicksal, das ihr gleich zwei Saufbrüder als Verehrer beschert. Sie weiß ja nun leider seit Samstag, dass mein Zimmer über dem von Sean und Maggie liegt.«

»Ich sage doch: Lerne vom großen Meister! Sie ist nicht in ihrem Zimmer. Timing ist eben alles! Laut dem Plan an der Küchentür der Suppenküche ist heute Maggie dran. Und wenn Maggie kocht, steht Sarah daneben, weil sie unbedingt helfen will.

Wobei auch immer. Du weißt ja: Verwandtschaft mit Sean und so.«

Er senkte langsam den Strauß, bis der das Fensterbrett berührte, aber die Knospen befanden sich zu nah an der Kante. Denn das Fensterbrett ragte nur wenige Zentimeter über die Hauswand hinaus und wies zudem ein leichtes Gefälle auf. So würde der Strauß beim Aushaken hinunterfallen.

»Scheiße!«, fluchte Socks leise und versuchte, den Strauß durch Pendeln näher an den Fensterrahmen zu bugsieren. Es war ein helles Plong-Plong zu hören, als der Kleiderbügel gegen die Scheibe schwang.

Unten wurde nebenan ein Fenster geöffnet, und Maggie streckte den Kopf heraus. Sie blickte erst auf das merkwürdige Gebilde und dann nach oben. »Ich will kein Spielverderber sein, aber ich kann auch einfach in ihr Zimmer gehen und die Blumen von dort aus aufs Fensterbrett legen. Bevor wir noch einen Glaser brauchen.«

Dylan zog seinen knallroten Kopf zurück.

Doch Socks schenkte ihr sein jungenhaftes Lächeln. »Ja, das wäre sehr nett von dir, Maggie. Sonst stehen wir morgen noch hier und pendeln Dylans Schicksal aus. Ich verwende für solche Zwecke lieber Tarotkarten. Die passen auch besser in die Innentasche.«

***

Heute kochte Sarah zum ersten Mal allein, weil Maggie sich nicht gut fühlte und den Tag im Bett verbracht hatte. Nachdem Sarah zweimal ängstlich gefragt hatte, ob sie dies und jenes verwenden dürfe, stellte ich mich notgedrungen zu ihr in die Küche. Dort erteilte ich ihr freundlich lächelnd in regelmäßigen Abständen alle notwendigen Genehmigungen und lobte die einzelnen Fortschritte des Eintopfkochens.

Sie tat mir ehrlich leid. Ich konnte mich noch zu gut daran erinnern, wie ängstlich und unselbstständig ich in meiner Kindheit gewesen war. Stets darum bemüht, nur nichts falsch zu machen, hatte ich am Ende doch nie etwas recht machen können. Ich war dieser Hölle entkommen. Sie war gerade dabei, den Riesenschritt in die Freiheit zu tun, und ich half ihr von Herzen gern.

Ich fragte mich insgeheim, wie sie ihren Beruf ausüben konnte, aber wahrscheinlich erging es ihr wie mir früher: Nur die häusliche Umgebung hatte mich fertiggemacht. In anderen Bereichen hatte ich mir etwas zugetraut, weil mich dort das Feedback des geistig gesunden Umfelds dazu ermuntert hatte. Ich ermunterte also auf Teufel komm raus und bekam fast einen Krampf vom vielen Lächeln.

Sean füllte eine Schüssel mit Eintopf und nahm sie mit. Er wollte mit Maggie ausnahmsweise oben in ihrer Wohnung essen, versicherte mir aber, sie sei nicht ernsthaft krank. Ich solle mir nur keine Sorgen machen. Natürlich machte ich mir dadurch erst recht welche. Ich nahm mir vor, die Nebenwirkungen von Hormonbehandlungen bei unerfülltem Kinderwunsch zu recherchieren, da mich die vagen Informationen zu Maggies Gesundheitszustand sehr beunruhigten. Warum erfanden sie nicht einfach etwas Harmloses und Greifbares, um uns abzuwimmeln?

Sean hatte mir Sarahs handgeschriebenen Bericht über den Gig vom Samstag mitgebracht und mich gebeten, ihn nach dem Essen vorzulesen und, wenn es keine Einwendungen gab, für die Website abzutippen. Ich hatte ein mulmiges Gefühl dabei und fragte mich, wie sie Socks' Blackout und meine kopflose Aktion wohl literarisch verarbeitet hatte.

Beides wurde mit keiner Silbe erwähnt. Ihr Schreibstil erschien mir natürlich und ihre Ausdrucksweise erstaunlich gewandt für eine Frau, die sich kaum an Gesprächen beteiligte. Vielleicht las sie viel. Sean hatte ein paar Fehler korrigiert, jedoch an der Grammatik nichts verändern müssen.

Nachdem sie die Bandmitglieder und deren Instrumente kurz aufgezählt hatte, schilderte sie in ihrer zierlichen Schrift auf drei linierten DIN-A4-Seiten ausführlich, wo und wann sich Dylan wie bewegt hatte. Darrels Singen kam nur ganz am Rande vor, als sei es so vorgesehen gewesen.

Nun verstand ich, wie sie es mehrere Jahre lang mit einem handgreiflichen Ehemann ausgehalten hatte. Sie besaß offensichtlich die seltene Gabe, sich auf das Schöne im Leben zu konzentrieren. Sollten sich ihre schlimmen Erlebnisse nicht mehr wiederholen, erfüllte sie dadurch alle Voraussetzungen, um in Zukunft eine sehr glückliche Frau zu werden.

Da keiner etwas dagegen hatte, setzte ich mich nach dem Vorlesen an den Computer, tippte den Bericht für die Rubrik *Fan-Feedback* ab und schmunzelte beim Gedanken an Dylans rotes Gesicht. Aus einer Laune heraus fotografierte ich die drei Seiten mit meinem Smartphone, ließ mir von Darrel Dylans Nummer geben und verschickte die Bilder mit dem Kommentar: *Herzlichen Glückwunsch! Sie haben ein Herz gewonnen! Überweisen Sie bitte umgehend die Versandkosten in Höhe von 99,99 Pfund, damit wir Ihnen Ihren Gewinn zustellen können.*

***

Socks zappelte im Proberaum auf dem Barhocker herum, während Darrel die Gitarre stimmte.

»Also … Dann sing mal was. Ich lausche andächtig und schaue bewundernd zu dir auf«, schlug Darrel grinsend vor.

»Momentan habe ich nichts Neues«, gestand Socks.

»Okay. Dann halten wir hier eine Schweigeminute ab und gehen wieder hoch.«

»Wir sollten beim nächsten Gig eine deiner Balladen spielen«, platzte Socks mit seinem Anliegen heraus.

»Sagt Sean. Hat er dich endlich weichgeklopft? Oder kennt er dein dunkles Geheimnis und erpresst dich?«

»Er hat mit dir darüber gesprochen?«

»Über dein dunkles Geheimnis? Nö, aber ich ahne, dass es sehr dunkel sein muss, wenn du plötzlich meine Balladen in die Setlist quetschen willst.«

»Nein, über deine Songs.«

»Er liegt mir seit Monaten in den Ohren, aber ich halte nichts davon, dich zu etwas zu zwingen, das dir zutiefst zuwider ist. Wenn du nicht hinter einem Text stehst, kannst du ihn dir nicht merken oder leierst in lustlos herunter, um es irgendwie hinter dich zu bringen.«

»Du kannst den Song doch selbst singen.«

»Und dich arbeitslos auf der Bühne herumstehen lassen?«

»Ich kann ja wie Linda McCartney ein Tamburin schwingen.«

»Oder den *Chicken Dance* vorführen, um meine Worte glaubhafter zu machen. Tanzeinlagen von attraktiven Bandmitgliedern scheinen gerade beim weiblichen Publikum Hochkonjunktur zu haben, wie man auf unserer Website neuerdings nachlesen kann.«

»Ich kann mich auch einfach im Schneidersitz auf die Bühne setzen und ergriffen deinen berührenden Worten lauschen. Dylan fesseln wir die Beine, Sean binden wir eine schwarze Schürze vor den Kilt, und die Aufmerksamkeit wird ganz dein sein.«

»Mach mir keine Angst!«

»Du willst keine Aufmerksamkeit?«

»Ich gehe ganz gern im Getümmel unter«, gestand Darrel verlegen.

»Du willst echt nicht?«

»Nein. Mach du.«

»Ich verspreche auch hoch und heilig, dich nicht Schmusesänger, Schnulzenheini oder Mädchenversteher zu nennen. Weder vor noch während noch nach dem Gig, wenn ich getrunken habe.«

»Kannst du das nicht singen?«

»Klar kann ich.«

»Vielleicht findest du ja etwas, mit dem du einigermaßen zurechtkommst, ohne ständig den Würgereiz niederkämpfen zu müssen.«

»So schwülstig sind deine Texte nicht. Außerdem bin ich Profi im Heucheln von Gefühlen.« Er zeigte Darrel sein gewinnendes Lächeln.

»Du machst mir jetzt aber keine Liebeserklärung!«

»Nein, ich zeige dir nur mein Performance-Gesicht bei *The Lost Boy*.«

»Bitte nicht. Nicht mit der Fresse. Nimm irgendeinen anderen Song, aber nicht den.«

»Okay. Welchen?«

»Such dir aus, was du magst.«

»Irgendwelche Präferenzen?«

»Nö. Ansonsten hast du freie Auswahl.«

6. Lektionen

Am Mittwoch vor dem Gig veranstalteten wir zwischen Abendessen und Bandprobe in der Parterrewohnung eine kleine Modenschau. Seans Kilt war fertig, und wir schoben die Tische beiseite, um ihn gebührend begutachten zu können, während er mit schwingenden Hüften herumstolzierte.

Maggie ging es wieder gut, und sie, Sarah, ich, James und Andy hatten es uns, hübsch nebeneinander aufgereiht, auf der Eckcouch bequem gemacht und ließen uns das Spektakel nicht entgehen. Socks und Dylan saßen mit baumelnden Beinen auf einem Tisch und betrachteten amüsiert, wie Darrel in die Hocke ging, um zu kontrollieren, ob der Saum beim Gehen überall auf gleicher Höhe war.

»Und? Trägt er Unterwäsche?«, fragte Socks.

»Um das zu überprüfen, müsste ich mich auf den Boden legen.«

»Was hält dich davon ab?«

»Mein guter Geschmack und Seans beängstigende Armmuskulatur.«

»Man beachte die Reihenfolge der Argumente«, stellte Dylan fest. »Dreh dich mal mit Schwung, Sean!«

»Wozu? Ich tanze nicht auf der Bühne wie gewisse geigende Brummkreisel.«

»Dylan will unbedingt sehen, ob du Unterwäsche trägst«, erklärte Socks. »Er macht ab heute eine Diät und ist auf der Suche nach natürlichen Appetitzüglern ohne Nebenwirkungen.«

»Das ist übrigens ein sportlicher Schnitt!«, erläuterte Darrel.

»Woran erkennt man das?«, fragte James interessiert. »Ist in seiner ulkigen Handtasche Platz für isotonische Getränke?«

»Die nennt man *Sporran*, du Engländer!« Sean lachte.

»Nein, aber dadurch können wir den Kilt ohne Stilbruch mit schwarzen Fußballstrümpfen und schwarzen Turnschuhen kombinieren.« Darrel feixte.

»Interessant! Das ist mir gar nicht aufgefallen.« Socks grinste. »Ich bin noch immer hin und weg von Seans schönen Beinen!«

»Wer hat, der hat!« Sean drehte vor der Couch eine Extrarunde und entschwebte mit Trippelschritten und albernen Armbewegungen in Richtung Wohnungstür.

»Du bleibst da!«, rief Dylan. »Wir sind noch nicht fertig mit lästern!«

»Ja, bleib hier! Jetzt ist James an der Reihe!«, schlug ich vor.

»Was habt ihr mit unserem Drummer gemacht? Kann man euch Frauen denn nicht einmal kurz für immer den Rücken kehren, ohne dass ihr gleich aus Rache gestandene Männer unterjochen müsst?«, fragte Socks entrüstet.

James stand auf und ging in sein Zimmer. Wenig später erschien er in schwarzen Jeans und einem Smokinghemd ohne Ärmel, an dessen offenem Kragen auf beiden Seiten die Enden einer nicht gebundenen Smokingfliege herunterhingen.

»Du bist noch nicht fertig angezogen!«, stellte Dylan fest. »So lassen sie dich nicht ins *Ritz*.«

»Das Schleifenbinden lerne ich erst nächstes Jahr in der Vorschule«, erklärte James mit einem Idiotenlächeln.

»Was hast du mit den Ärmeln gemacht, du diebischer Herrenschneider?«, stellte Socks Darrel zur Rede. »Vertickst du die heimlich auf dem Schwarzmarkt?«

»Damit habe ich nichts zu tun. An ihm hat sich Lou ausgetobt. Ich lasse sie definitiv zu oft allein in letzter Zeit!« Darrel lachte, sah sich mein Werk von allen Seiten an und zog an einem Ende der Fliege. »Hast du die festgenäht?«

»Zwei Druckknöpfe im Nacken. Man kann das ja nicht zusammen waschen«, antwortete ich.

»Clever!« Darrel hob anerkennend den Daumen.

»Lou weiß eben, was man tun muss, damit einem Herrenschneider warm ums Herz wird!«, lästerte Socks.

»Der Entwurf stammt aber von James selbst. Ich kümmerte mich lediglich um die Umsetzung«, stellte ich klar.

»Hast du mal Fieber gemessen?«, fragte Sean und hielt James den Handrücken an die Stirn.

»Ich wollte einen Hauch von James Bond auf die Bühne bringen«, erklärte James zufrieden grinsend.

»Und du hast dem Treiben nicht Einhalt geboten, sondern Vorschub geleistet?« Socks sah mich vorwurfsvoll an.

»Keine Ahnung, wovon du sprichst! Ich habe weder getrieben noch geschoben, sondern Ärmel abgeschnitten und Schnittkanten umgenäht. Es heißt doch immer, wir Frauen sollen tun, was die Männer sagen!«, rechtfertigte ich mich scheinheilig.

»Kein Problem«, sagte Sarah lächelnd. »Ich finde es sehr kreativ.«

»Mir gefällt es!«, erklärte Maggie.

»Mir auch«, bestätigte Andy.

»Hallo? Er sieht aus wie ein Stripper!«, rief Dylan.

»Woher weißt du, wie männliche Stripper aussehen?«, fragte Socks interessiert.

Am Samstag versammelten wir uns alle im Proberaum, um auf Gil zu warten. Da noch etwas Zeit war und ich eine spitze Ecke an einem Fingernagel entdeckt hatte, ging ich schnell nach oben in die Wohnung, um sie abzuschneiden, bevor er weiter einreißen konnte. Als ich die Haustür danach abschloss, kam ein junger Mann die Außentreppe herauf und lächelte mich freundlich an. Er war mittelgroß, gutaussehend, trug einen sportlichen Anzug, hatte sein welliges, dunkelblondes Haar nach hinten gekämmt und wirkte wie einer drittklassigen Anwaltsserie entsprungen.

»Guten Tag!«, grüßte er.

»Guten Tag! Zu wem wollen Sie?«, fragte ich freundlich.

»Zu Sean Mackay.« Er schenkte mir ein strahlendes Lächeln und zeigte dabei perfekte Zähne und hübsche Grübchen in den Wangen.

»Kommen Sie mit. Wir sind alle unten in der Kellerwohnung, müssen aber auch bald los.« Ich ging vor und schloss die Tür auf.

Er folgte mir.

Seans Begrüßung unseres Gasts fiel jedoch völlig anders aus, als ich erwartet hatte. »Geh bitte! Dort ist die Tür! Abmarsch! Und lasse dich hier nie wieder blicken!«

Die anderen schauten Sean ebenso erstaunt an wie ich. Nur Sarah stand da wie vom Donner gerührt und starrte den Fremden angstvoll an.

»Ich will bloß mit meiner Frau sprechen!«, erklärte dieser lächelnd. »Wenn du und deine Leute ohnehin gleich wegwollt, könnt ihr uns genauso gut sofort allein lassen.«

»Geh!« Sean ließ sich nicht beirren.

»Ich will nur mit meiner Frau sprechen. Das ist mein gutes Recht!«

»Lass Sarah in Ruhe«, sagte Maggie. »Eure Ehe ist beendet.«

»Das möchte ich aber von meiner Frau hören. Schließlich …«

»Verlasse sofort dieses Haus, Clive!« Sean ging drohend einen Schritt auf ihn zu.

»Hast du ein Problem, Sean? Hast du ein Problem?«, schrie der Fremde.

»Kein Problem«, sagte Sarah beschwichtigend. »Kein Problem, Clive.«

»Kein Problem? Na, dann komm nach Hause! Dann habe ich wirklich kein Problem mehr!« Er starrte sie wütend an. »Glaubst du, ich habe nichts Besseres zu tun, als nach London zu fahren, und dich zurückzuholen?«, tobte er. »Bei mir ist jeder Tag ein Sechzehn-Stunden-Tag. Da kann ich erwarten, dass man auf mich Rücksicht nimmt! Aber du klaust unseren Koffer, für den ich bezahlt habe, fährst zu deiner buckligen Verwandtschaft und lässt mir nicht nur alberne Briefe zustellen, sondern erstattest Anzeige! Gegen mich! Als wäre ich ein Verbrecher! Wer hat mich denn andauernd provoziert? Weißt du, wie man sich fühlt, wenn man diesen *Boys in Blue* Rede und Antwort stehen muss? Weißt du das? Soll ich dir mal sagen, was dein Problem ist? Dir geht es zu gut! Mach deinen Job und den Haushalt ordentlich! Dann vergeht dir die Lust auf solche Extratouren! Dann hast du nämlich gar keine Zeit für schwachsinnige Eskapaden! Aufmerksamkeit! Ständig Aufmerksamkeit! Immer willst du etwas von mir, statt selbst ein einziges Mal im Leben etwas ordentlich zu machen! Was ist dein Problem? Hm? Was ist dein gottverdammtes Problem?«

»Kein Problem«, sagte Sarah zitternd.

Aus den Augenwinkeln sah ich, wie Dylan die Fäuste ballte und einen Schritt auf die beiden zuging. Doch Socks drehte ihm in Windeseile den linken Arm um und flüsterte ihm etwas ins Ohr.

Wir übrigen standen ratlos und geschockt herum. Ich orientierte mich an Sean. Solange er ruhig und gelassen blieb, sah ich keinen Handlungsbedarf. Sollte er handgreiflich oder angegriffen werden, wollte ich keine Sekunde zögern, ihm beizustehen. Den anderen ging es aber mit Sicherheit genauso, was meinen heimlichen Entschluss gleich wesentlich weniger heroisch erscheinen ließ.

»Komm!«, forderte Clive seine Frau auf.

»Geh!«, forderte Sean seinen ungebetenen Gast auf.

»Sie ist meine Frau! Meine Frau!«, schrie Clive völlig außer sich. »Sie kommt mit mir! Mit mir!«

»Nein, sie kommt mit mir«, sagte Gil, der hinter Clive in der offenen Tür auftauchte. Er trug seine übliche Arbeitsmontur: zerschlissene Jeans und eine gefühlt zwanzig Jahre alte Lederjacke, unter der, der Jahreszeit entsprechend, statt eines verwaschenen T-Shirts ein verfilzter Wollpullover hervorlugte. Mit den langen, etwas zerzausten Haaren, den breiten Schultern und der stattlichen Körpergröße war er eine beeindruckende Erscheinung. »Sarah gehört jetzt mir und zieht bei mir ein«, erklärte er ganz ruhig mit unbewegtem Gesicht. »Draußen steht mein Auto. Wir holen heute ihre Sachen. Hast du damit ein Problem, Arschloch?« Er trat zur Seite und deutete mit dem Daumen zur Tür.

»Kein Problem«, sagte Clive verdattert und stolperte die Treppe zur Straße hoch. Wir folgten ihm. Oben stand, in zweiter Reihe geparkt, Gils uralter Renault mit offener Heckklappe.

»Und wenn du mir noch einmal irgendwo die letzte Parklücke vor der Nase wegschnappst, lernst du mich kennen«, drohte ihm Gil weiterhin ganz ruhig. »Okay, Leute, dann packt die Sachen mal hinten rein«, wies er uns an. »Sarah, Mädchen, setz

146

dich zu mir nach vorn. Und vergiss dein altes Leben! Der Typ hat dich nicht verdient.« Er öffnete mit einer großspurigen Geste die Autotür, und Sarah setzte sich brav auf den Beifahrersitz.

Clive ging ein Stück die Straße hinunter bis zu seinem Wagen. Dort drehte er sich um und blickte mit versteinertem Gesicht zurück.

»Und wenn du irgendwelche Post vom Gericht oder vom Anwalt meines Mädchens bekommst, dann halt dein dummes Maul und unterschreib auf der gepunkteten Linie! Kapiert, Arschloch?«, rief Gil ihm gerade laut genug zu, dass der es gut verstehen konnte.

Clive stieg ein und fuhr rasant davon.

»Viel zu schnell im Wohngebiet. Hier sind doch auch kleine Kinder und Katzen unterwegs.« Gil sah ihm kopfschüttelnd nach und öffnete die Beifahrertür. »Tut mir echt leid, Sarah, aber du musst wieder aussteigen und mit den anderen die U-Bahn nehmen. Ich bin hier nicht als angestellter Fahrer, sondern als Selbstständiger bei der Arbeit, und ich weiß nicht, ob ich da einen Taxischein oder so was benötige, wenn ich jemanden mitnehmen will.«

Wir beluden lachend sein Auto und machten uns auf den Weg.

In der U-Bahn nahm mich Darrel wie selbstverständlich auf den Schoß und presste mich fest an sich. Es war inzwischen zum Ritual geworden, und ich war mir nicht mehr sicher, ob ihn wirklich das Drücken beruhigte oder die Vorstellung, das Drücken könnte ihn beruhigen.

Sean, der wieder ganz entspannt vor uns einen Stehplatz gewählt hatte, beugte sich herunter und fragte Darrel: »Schaffst du es, zwischendurch mal zu lächeln? Du musst dabei gar nicht direkt ins Publikum sehen, wenn das ein Problem ist.«

»Lass ihn doch in Ruhe!« James, der neben uns saß, verdrehte die Augen. »Wozu soll er lächeln, wenn ihm nicht danach ist?«

»Nach uns spielt irgendeine Nachwuchsband, und es sind wahrscheinlich viele Mädchen und junge Frauen im Publikum.«

»Und deshalb muss er lächeln?«, schaltete sich Socks dazwischen. »Mann, das grenzt ja langsam an Prostitution!«

»Vergiss es! War eine blöde Idee!«, gestand Sean. »Die Typen nach uns sind höchstens um die zwanzig. Da können wir nicht mithalten und müssen uns aufs Spielen konzentrieren. Vielleicht können sich die Freunde und Väter für uns begeistern.«

»Gegen *TRiG!!!* haben wir keine Chance«, erklärte James sachlich. »Die haben alles richtiggemacht: mit siebzehn auf Youtube sich gegenseitig Mathematikbücher auf den Kopf gehauen und dazu gesungen und mit neunzehn sich an die Tochter eines Musikproduzenten rangeschmissen, und ihr kann Daddy keinen Wunsch abschlagen. Der Rest ergab sich von selbst.«

»Wie? Alle drei mit der Tochter? Und Daddy findet es toll?«, fragte Dylan, der mit seinem Geigenkoffer neben Sean stand. »Das nenne ich aber mal Rock 'n' Roll!«

»Nee, natürlich nur einer. Allerdings sehen die mehr oder weniger alle gleich aus. Da kann man Verwechslungen nicht völlig ausschließen.«

»Ich frag dich nicht, von wem du das weißt. Was hat Andy noch erzählt?«, fragte Socks grinsend.

»Ihr erratet nie, wie es zum Bandnamen kam«, sagte James feixend.

Wir beugten uns zu ihm, und er flüsterte: »Ursprünglich nannten sie sich *Trigger-Happy Trinity* und waren mehr mit dem Schießen von Fotos als mit ihrer Musik beschäftigt – eben wie ganz gewöhnliche Teenager. Aber der Name war zu problematisch für Produzenten-Daddy, und jetzt haben die Eltern ihn in TRiG!!! geändert, ohne darüber nachzudenken, dass das gar kein Kunstwort ist. Und die Musik wurde bis zur Unkenntlichkeit durch den Wolf gedreht.« Er kicherte und fuhr in normaler Lautstärke fort: »Ehrlich! Da bleibe ich lieber erfolglos, bevor sie mich statt James womöglich *JAM!!!* nennen und meine Drums mit Filz beziehen.«

Im Club bekamen sowohl die Bandmitglieder als auch wir Groupies, wie wir uns lachend nannten, Ausweise, die wir uns um den Hals hängen sollten. Auf Seans schmunzelnd gestellte Frage, ob die Band sie zumindest während des Gigs abnehmen dürfe, zuckte der Mitarbeiter nur ratlos mit den Schultern, und es war daraufhin beschlossene Sache, die pastellgelben Kärtchen deutlich sichtbar auf der Bühne zu tragen. Maggie erhob zwar Einspruch, obwohl sie kein Spielverderber sein wollte, aber es gab kein Halten mehr.

Ich ließ mir meinen auf der Rückseite von allen Bandmitgliedern signieren, woraufhin James das bei seinem auch unbedingt wollte. Es begann ein wildes Durcheinander, weil plötzlich alle ihren signiert haben wollten, und wir mussten am Ende die Ausweise erst wieder sortieren und den rechtmäßigen Besitzern zuordnen. Socks nervte mich so lange, bis ich auf seinem ebenfalls unterschrieb. Mein Einwand, dass ich schließlich nicht zu Band gehörte, ließ er nicht gelten und verwies andauernd auf die Zeilen, die ich vor Langem einmal aus Jux für ihn geschrieben hatte. Deshalb vermerkte ich ganz klein unter meinen Namen in Klammern: *Ghostwriter*.

James hatte bei meinem Exemplar neben seine Unterschrift ein winziges Gesicht gemalt, das ihm trotz des Platzmangels und des Zeitdrucks tatsächlich ein wenig ähnlichsah. Darrel verschönerte seinen Namen mit Herzchen und X-Küsschen, nachdem er sich mehrmals davon überzeugt hatte, auch wirklich meinen Ausweis vor sich zu haben. Er war schrecklich nervös und zitterte ein bisschen beim Schreiben.

Die beiden Bands mussten sich einen Backstageraum teilen. Als Socks die Begleiterinnen der anderen Musiker erblickte, raunte er uns zu: »Wow! Ich stehe ja auf Frauen, die etwas älter sind als ich, aber die könnten doch locker deren Großmütter sein!«

»Halt den Mund. Das sind die echten Mütter«, flüsterte James.

Tristan, Riley und Gilian, die Mitglieder von TRiG!!!, sahen aus, als seien sie einem Versandhauskatalog für Teenagermode entsprungen. Sie schlugen einander zwar keine Mathematikbücher mehr auf den Kopf, aber dafür ständig kräftig auf die Schultern und riefen dabei: »Hi!« Das sollte vermutlich witzig sein.

Entweder war bei ihnen das Wachstum noch nicht vollständig abgeschlossen, oder sie waren von Natur aus nicht sonderlich groß. Jedenfalls erwischten sie wohl eher versehentlich die falsche Schulter und verpassten Darrel fast einen Herzkasper, als der gerade mal wieder nervös aufgesprungen war, um im Stehen seine Finger warmzuspielen. Auf den Bänken war dafür kaum Platz.

Er verzog sich daraufhin halb aufgelöst in eine Ecke der langen Bank, und ich setzte mich neben ihn statt wie sonst rittlings auf seinen Schoß, weil ich mich vor den TRiG!!!-Typen ein wenig genierte. Sie sahen trotz der merkwürdigen Bärtchen aus wie fünfzehn. Zumindest verhielten sie sich so. Socks schlug im Vorbeigehen dem Übeltäter ebenfalls auf die Schulter, der davon in die Knie ging, und rief: »Tally-ho!« Danach ließen es alle sein.

Trotzdem herrschte eine fürchterliche Unruhe, da sämtliche drei Elternpaare anwesend waren und zwei von ihnen ständig herumwuselten. Maggie nahm deshalb Sarah mit, um sich den Gig aus dem Zuschauerraum anzusehen. Sarah hatte sich zwar wieder etwas beruhigt, zuckte aber bei jeder Kleinigkeit zusammen. Wir verabredeten uns für ganz hinten rechts, weil ich nachkommen wollte.

Einer der Väter konnte nämlich seine Finger nicht bei sich behalten und streifte mich andauernd pseudozufällig, um sich umgehend grinsend zu entschuldigen. Mit dem wollte ich auf keinen Fall allein zurückbleiben, denn seine Frau, die Managerin des Trios, bekam davon überhaupt nichts mit. Sie war ausschließlich damit beschäftigt, Sean und James immer wieder zu versichern, dass man den Auftritt nur deshalb absolvierte, weil er schon länger zugesagt worden war. Inzwischen war man über solche Orte weit hinaus und füllte ab Januar locker große Hallen. Als Vorgruppe, wie sich nach einer Weile herausstellte, aber immerhin.

Der Grapscher wurde stetig dreister. Er beugte sich zu mir herunter, griff nach meinem Ausweis, berührte dabei mit dem Handrücken meine linke Brust und fragte: »Na, wen haben wir denn da? Ups! Da hätte ich doch fast danebengegriffen!« Er lachte schallend und starrte mir in den Ausschnitt. Dabei sagte er schleimig grinsend: »Wenn die zwei satten Kätzchen zu verkaufen sind, dann nehme ich das mit dem rosa Näschen.«

Darrel glotzte ihn völlig konsterniert an. Vermutlich wusste er genauso wenig wie ich, wie man so viel Dreistigkeit auf zivilisierte Weise Herr werden konnte. Er blickte abwechselnd auf den fremden Vater und auf sein Banjo, als wolle er ihm das Instrument jede Sekunde über die Rübe ziehen.

»Wenn das zwei Pingpongbälle sind, dann habe ich Aufschlag! Tally-ho!« Socks stand plötzlich neben dem Grapscher und grinste ihn herausfordernd an. Dieser hatte nun ganz dringend etwas am anderen Ende des Raums zu erledigen, und Socks ermunterte mich, nun doch auf Darrels Schoß zu sitzen, und setzte sich neben uns. Die Mutter auf dem nächsten Platz hatte es nämlich nicht nötig, ein wenig zu rutschen, obwohl der Abstand zwischen ihr und ihrem Ehemann reichlich groß war.

Sie betrachtete interessiert und völlig ungeniert Socks' schwarzen Anzug von oben bis unten und befühlte sogar den Stoff am Ärmel, als sei Socks eine Schaufensterpuppe.

»Echtes Dobermannkammgarn!«, sagte er mit einem stolzen Lächeln.

»Wo bekommt man das?«

»Hampstead Heath. Die Tiere werden dort jedes Jahr am ersten Samstag im März zusammengetrieben und geschoren. Ich kenne eine gute Spinnerei in Mayfair, die die Wolle weiterverarbeitet. Wenn Sie mögen, gebe ich Ihnen die Adresse.« Er krempelte sich fröhlich pfeifend die Hosenbeine etwas hoch und steckte sie mit Sicherheitsnadeln fest. Die Frau starrte auf die neongelben Baumwollsocken, die zum Vorschein kamen.

»Echte Kanarienvogelwolle!«, sagte Socks. »Aus dem St. James's Park. Die besten Nutztierrassen findet man eben nur in London. Gutes, altes England, ne?«

Sie rutschte endlich näher zu ihrem Mann, Socks zog ein dünnes Notizbuch aus seiner Innentasche und begann, ein Gedicht mit Paarreimen zu verfassen. Alle Zeilen hatten jeweils acht Silben, jede zweite Silbe wurde dabei betont. Nach der dritten Zeile gab er mir das Buch und bat mich, eine zu dichten, die sich auf die dritte reimen sollte, und ihm eine weitere vorzugeben. Für die musste er wiederum einen Reim finden. Der Sinn des Inhalts war hierbei eher Nebensache oder wurde gänzlich vernachlässigt. Darrel schaute interessiert zu und half mir bald bei der Wortstellung, damit sie zum Rhythmus passte, weil Socks sich beklagt hatte, ich würde wie Yoda schreiben. Es war sehr gemütlich.

Socks klappte irgendwann grinsend das Notizbuch zu und meinte: »Beim nächsten Gig spielen wir das wieder. Und nun komm, holder Dichter, dein Banjo geht in zwei Minuten.«

Wir hatten endlich etwas gefunden, mit dem wir Darrel ein wenig ablenken konnten.

***

Socks drehte sich kurz vor dem Bühneneingang zu den anderen, um zu sehen, ob auch wirklich alle nachkamen. Sie hatten sich geradezu um die Helikoptereltern herumschlängeln müssen, weil diese keinen Zentimeter zur Seite gewichen waren.

Draußen hatte das Licht gewechselt, und man konnte die Besucher hören, die merkten, dass es gleich losgehen sollte. James packte Socks am Arm und hielt ihn fest, um bei ihm zwei weitere Hemdknöpfe zu öffnen und ihm die dunklen, welligen Haare zu verwuscheln.

Socks schaute ihn verständnislos an. *Hilfe! Hoffentlich steckt er mir jetzt nicht doch noch eine Rose zwischen die Zähne und befiehlt mir, auf den Knien zum Bühnenrand zu rutschen!*

James klopfte ihm kurz auf die Schulter und schob ihn vor sich her. Socks schlenderte lässig und mit den Händen in den Taschen auf die Bühne, drehte sich abrupt zum Publikum und grinste.

Verdammt! Das sind ja alles Frauen! Konzentrier dich! Vier, drei, zwo, eins!

Socks begrüßte die Anwesenden, kündigte den ersten Song an, nahm die Hände aus den Taschen und lächelte jungenhaft. Er war ganz in seinem Element.

Nach *Stock Figures* stellte er, wie vorher besprochen, rasch hintereinander die Bandmitglieder vor.

Währenddessen tauschte Darrel das Banjo gegen die Gitarre und schenkte dem oberen Teil der gegenüberliegenden Wand ein mitleiderregendes Lächeln, als sein Name genannt wurde.

Ja! Tapferes Kerlchen! Bravo! Auf dich und deine todesverachtende Professionalität ist eben immer Verlass, dachte Socks.

Socks sang hochkonzentriert die Ballade *Branwell's Portrait*. Was die Andeutungen im Text im Einzelnen bedeuteten, war ihm nicht bei allen so ganz klar. Er hatte bereits vor Tagen Darrel fragen wollen und es immer wieder vergessen. Nun lächelte er zwischen den Strophen einfach so verträumt, wie er nur konnte. Irgendwie würde der Gesichtsausdruck schon zum Inhalt passen.

Wahrscheinlich strahle ich wie ein frisch gescheuerter Dreckeimer, aber ich will verdammt sein, wenn ich nicht meine Chancen nutze. Ich bin zwar Amateur, jedoch Profi im Geiste! Ich bin siebenundzwanzig Jahre alt! Ich habe nichts mehr zu verlieren!

***

Zum Glück war es nicht schwer, Maggie und Sarah zu finden. Das Publikum drängte geradezu in Richtung Bühne, und die beiden standen mit entsprechendem Abstand brav am verabredeten Treffpunkt. Ich machte es ihnen nach und versteckte meinen Ausweis unter dem Pullover. Denn ich brauchte ihn erst wieder für den Rückweg und wollte nicht auf mich aufmerksam machen.

Es war für mich eine ganz neue Erfahrung, den Gig aus dieser Perspektive mitzuerleben. Bisher hatte ich die Band immer nur von der Seite oder schräg unten gesehen. Aus der Ferne wirkte Socks gleich viel überzeugender als im Alltag, wenn er am Esstisch mit dem Stuhl kippelte, grinste und Sprüche klopfte. Er zappelte eigentlich auch jetzt permanent herum, aber seine Bewegungen erschienen hier geschmeidiger, fast wie ein Tanzen.

Darrel stand ganz rechts wie am Boden festgetackert vor seinem Mikrofon und schien einen Punkt irgendwo über unseren Köpfen zu fixieren. Wahrscheinlich sah er wieder die Songs als imaginäre Slideshow. Er bewegte sich nur, um die verabredeten Zeichen zu geben, die bei ihnen nicht als Nicken, sondern als Schritte erfolgten. Wenn man ihn so sah, hätte man es nie für möglich gehalten, dass er privat sehr gut tanzen konnte, sofern ich tanzkursfreie Banausin das überhaupt beurteilen konnte.

Sean stand links außen und bewegte sich ebenfalls kaum. Er machte höchstens mal einen Schritt, um Darrel besser sehen zu können oder Dylan aus dem Weg zu gehen. Da Sean nicht sang, befand sich vor ihm kein Mikrofonständer, und soviel ich wusste, wurde für ihn niemals eine Markierung angebracht. Dennoch veränderte er seinen Standort die ganze Zeit über so gut wie nicht. Die Gitarre verdeckte ein wenig den neuen Kilt. Darunter konnte der in seiner vollen Pracht und Schönheit bewundert werden.

Dylan schien ständig in Bewegung zu sein, was jedoch auch mit seinem Instrument zusammenhing, das von Natur aus auffälligere Bewegungsabläufe erforderte. Wenn er spielte oder sang, stand er meist relativ ruhig an seinem Platz. Die improvisierten Tanzeinlagen präsentierte er immer nur dann, wenn er nichts anderes zu tun hatte, oder es ihn plötzlich während seines Solos aus heiterem Himmel überkam.

James bewegte sich natürlich von allen mit Abstand am meisten, ging aber optisch hinter Dylan und Socks etwas unter, da das Schlagzeug nicht erhöht stand. Bei flüchtigem Hinsehen bemerkte man in der Mitte der Bühne mit Dylan, James und Socks ein Gewusel, das von den zwei Pfeilern Sean und Darrel eingerahmt wurde. Das Gesamtbild wirkte ausgewogen und ich konnte verstehen, dass sie immer wieder zu dieser Anordnung zurückkehrten, obwohl sie ihnen auf den winzigen Bühnen der Pubs oft Probleme bereitete.

Darrel hängte sich die Folkgitarre um, und mir wurde bewusst, dass ich ihn noch nie mit ihr bei einem Gig gesehen hatte. Warum war das für mich so ungewohnt? Bei uns hatte er sie doch auch ständig im Einsatz. Betrachtete ich sie womöglich inzwischen als Teil der Wohnzimmereinrichtung?

Oder lag es lediglich daran, dass er hier im Stehen spielte und zu Hause im Sitzen?

Zu meiner grenzenlosen Verblüffung mimte Socks bei dem Song plötzlich den verletzlichen Poeten und stand erstaunlich ruhig an seinem Platz. Aus der Entfernung konnte ich es nicht genau erkennen, und vielleicht täuschte ich mich auch, aber ich hatte fast den Eindruck, dass Darrel die ganze Zeit lautlos in sich hineinlachte. Wenn es so war, musste Sean vollauf zufrieden mit ihm sein.

TRiG!!! waren überhaupt nicht nach meinem Geschmack. Mit meinen fünfundzwanzig Jahren hatte ich fast zehn Jahre mehr auf dem Buckel als die Zielgruppe. Dass ich den Altersdurchschnitt im Publikum nicht deutlich anhob, lag lediglich daran, dass so viele Eltern zwischen den kreischenden Mädchen standen.

Ich teilte Maggie und Sarah durch Gesten mit, dass ich wieder nach hinten gehen wollte. Sie blieben weiterhin hier, was in Sarahs Fall sicherlich eine weise Entscheidung war. Denn sie hatten da im Gegensatz zum Backstagebereich Platz ohne Ende, weil das Publikum sich nun noch mehr nach vorn drängte.

Sean hatte vor ein paar Tagen vorgeschlagen, erst nach dem Gig von TRiG!!! den Club zu verlassen, weil er deren Vorgehensweise studieren wollte. James und Dylan interessierte das auch. Darrel war grundsätzlich alles egal, solange während der ersten dreißig Minuten nach dem Auftritt niemand irgendetwas Wichtiges von ihm wollte. Socks hatte damals ein bisschen herumgemault, seine Meinung aber vorhin spontan geändert. Nun wollte er ebenfalls das Verhalten von TRiG!!! studieren. So, wie ich ihn inzwischen kannte, rechnete ich fest mit einem spöttischen Song über Muttersöhnchen und/oder grapschende Helikopterväter.

Ich zeigte auf dem Rückweg dem Typen, der mich nicht nur in Bezug auf Kleidung und Körpergröße, sondern auch mit seinem nervösen Gezappel an Socks erinnerte, meinen Ausweis. Er studierte ihn ganz genau und drehte ihn dann um. Mir blieb kurz das Herz stehen bei dem Gedanken, dass das Ding durch die Autogramme seine Gültigkeit verloren haben könnte, aber er gab ihn mir kommentarlos zurück und grinste nur vielsagend. Vielleicht hätte Darrel mit den Herzchen doch nicht so übertreiben sollen.

Er saß wieder mit geschlossenen Augen auf der Bank in einer Ecke und hatte den Banjokoffer zwischen den Beinen, als warte er auf einen Bus und habe Angst vor Gepäckdieben. James machte neben ihm das, was er *Auslüften* nannte: Er saß breitbeinig mit nacktem Oberkörper da, stützte sich mit den Unterarmen auf den Knien ab und trank zwischendurch in kleinen Schlucken von dem Rest seines Ginger-Ales.

Socks und Dylan liefen mit Bierflaschen in den Händen auf und ab. Vermutlich mussten sie noch immer Adrenalin abbauen. Sean saß mit seiner Bühnen-Wasserflasche am anderen Ende der Bank in der Ecke. Er hatte die Beine auf die Sitzfläche gelegt und lehnte an der Seitenwand.

»Maggie und Sarah schauen sich das Konzert weiter an«, sagte ich.

»Wo stehen sie?«, erkundigte sich Dylan.

»Ganz hinten rechts.«

»Okay. Ich stelle mich dazu. Kommst du auch?«, fragte er Sean.

»Ja.« Sean stand auf. Sie waren schon aus der Tür, als er noch einmal zurückkam. »Welches Rechts meinst du? Von der Bühne oder vom Publikum aus gesehen?«

»Sehr gute Frage!«, lobte ich ihn lachend. »Publikum. Also das Groupie-Rechts.«

»Das muss einem Bühnenarbeiter doch gesagt werden!«, meinte er grinsend.

Ich setzte mich in die Lücke zwischen Darrel und James und fragte leise, um ihn nicht zu erschrecken: »Darrel, wo hast du denn deinen Saft?«

»Den haben die Trottel getrunken, als wir draußen waren. Und meine Mix-Flasche von der Bühne ist leer.«

»Hey, sag doch was!« James gab mir sein Ginger-Ale, das ich weiterreichte.

»Danke!« Darrel lächelte müde. »Und was trinkst du?«

»Bier ist noch da. Aber alles andere scheinen sie echt geleert zu haben. Das gibt's doch nicht!« James beugte sich kopfschüttelnd über die Kühlbox.

»Ich werde wohl ein Vorhängeschloss besorgen müssen«, stellte ich fest.

»Das sind eben Superstars, die ab Januar die großen Hallen füllen und ein exquisites Catering gewöhnt sind.« Socks lachte hämisch und ging zur Tür. »Ich schaue mal, ob ich was organisieren kann.«

Darrel nahm mich auf den Schoß und legte seine Wange an meine.

»Geht's dir besser?«, fragte ich nach einer Weile.

»Mir geht's prima«, flüsterte er. »Aber bleib trotzdem so, damit es mir nicht wieder schlechter geht.«

Kurz darauf erschien Socks mit einem Tablett. »An der Bar wollten sie erst nicht glauben, dass wir Wasser und Softdrinks möchten. Die freien Drinks für die Bands haben sie damals nur abgeschafft, weil zu viel hartes Zeug bestellt wurde. Das hier habe ich sogar gratis bekommen.«

»Barmann oder Barfrau?«, fragte James grinsend.

»Das ist natürlich auch eine Möglichkeit«, sagte Socks nachdenklich und reichte mir ein Glas Wasser und eine Cola für Darrel.

»Die heutige Jugend ist verweichlicht«, stellte James fest. »Wir hätten früher, wenn überhaupt, eher das Bier getrunken und Darrels Saft stehengelassen. Aber nee, ich glaube, wir hätten hier gar nicht geklaut. Wir sind doch Kollegen!«

»Die Mamas haben wahrscheinlich aufgepasst, dass die Söhnchen nicht saufen. Dass sie stehlen, scheint nicht so schlimm zu sein«, meinte Darrel.

Socks lachte schallend. »Ja, beim Bier haben sie aufgepasst, aber irgendjemand muss sich auf der Herrentoilette die Nase gepudert haben. Das am Waschbecken ist bestimmt kein Scheuerpulver von den Putzleuten.«

»Ich will kein Spielverderber sein, aber es kann sich nur um eine Verwechslung handeln!«, stellte Maggie nüchtern fest, als sie und die anderen während der Zugabe zurückkamen. »Wer auch immer die Idee hatte, die beiden Bands in einen Abend zu packen, hatte keine Ahnung davon, was ihr macht oder TRiG!!! machen oder alle beide machen.«

»Ja, ich sah gelegentlich in ratlose Gesichter«, bestätigte Sean und lächelte hintergründig.

»Was die mit den Mathebüchern angestellt haben, erledige ich mit der Geige. So groß wäre der Unterschied eigentlich nicht, wenn sie bei den Schulbüchern geblieben wären und die Musik sein gelassen hätten«, gab Dylan zu bedenken.

Kurz darauf wurde es wieder eng, als TRiG!!! samt Entourage zurückkamen. Lediglich der Grapscher fehlte. Sie schnappten sich ihre Sachen und sprinteten davon. Kein Abschiedsgruß. Nichts.

»Was war das?«, fragte Darrel verwundert. »Der Saal tobt und keine zweite Zugabe?«

»Wahrscheinlich warten draußen die Limousinen auf die Weltstars, und man will den Chauffeuren keine Überstunden bezahlen müssen.« Socks nickte weise mit dem Kopf.

»Pst!«, machte Sean, und wir alle zeigten Unschuldsmienen.

Die Managerin kam zurückgelaufen, schaute sich mit wütendem Gesicht um und fragte uns: »Wo ist mein Mann?«

»Den habe ich an der Bar gesehen!«, antwortete Socks freundlich.

Ohne ein weiteres Wort verschwand sie in diese Richtung.

Socks grinste und schloss die Tür hinter ihr. »Gar nicht wahr. Aber nun sind wir sie endlich los.«

Wir kicherten.

»Wo er wohl wirklich ist?«

»Wahrscheinlich zwischen all den jungen Mädchen.« Maggie schaute grimmig zur Tür.

»Oh, das soll er sich zweimal überlegen, wenn die Eltern in der Nähe sind.« Ich lachte. »Sonst findet er sich schneller im Krankenhaus oder auf der Polizeidienststelle wieder, als er seine ekligen Finger ausstrecken kann.«

Darrel lächelte traurig. »Tut mir sehr leid, dass ich so nutzlos bin«, flüsterte er mir ins Ohr.

»Ich finde es gut, dass du nicht aufbrausend bist«, flüsterte ich zurück. »Ich möchte gar keinen Clive zum Freund haben. Ehrlich nicht! Ich liebe dich so, wie du bist.« Ich sah ihm ernst in die Augen und küsste ihn.

»Draußen warten vermutlich bald ein paar Fans«, stellte Sean nüchtern fest. »Und man war sich offensichtlich zu schade, denen Autogramme zu geben.«

»So viele können das doch gar nicht sein!«, meinte Maggie entrüstet. »Die meisten Kids sind mit den Eltern hier, und nicht alle Väter haben Bock, sich da draußen die Füße in den Bauch zu stehen. Dafür gibt es nachmittags die Autogrammstunden in Einkaufszentren.«

»Die werden denen vielleicht bezahlt. Und hier müssen sie gratis ihre Buchstaben malen. Nur so eine Vermutung …« Dylan schüttelte ungläubig den Kopf.

»Tja, das ist unsere Chance!«, meinte Sean. »Wir packen in Ruhe zusammen und peilen draußen mal die Lage. Vielleicht können wir ein paar Fans gewinnen, wenn wir Trostpreis spielen.«

»Du bist ja echt mit allen Wassern gewaschen!«, meine Socks anerkennend. »Von wegen: *Lasst uns ihre Vorgehensweise studieren!*«

»Ich mache das seit etwa zwanzig Jahren. Ich bin ganz klar nicht so erfolgreich wie die. Aber schauen wir mal, wie erfolgreich die in zwanzig Jahren sein werden.« Sean erntete Gelächter. »Okay! Ich glaube, wir können los. Ich sage Gil Bescheid. Wenn die hochgeschätzten Damen bitte wieder ihre grenzenlose Hilfsbereitschaft unter Beweis stellen, könnt ihr mal die Lage peilen, ob eventuell an euch Interesse besteht. Stellt euch einfach ein bisschen dumm in die Gegend, als würdet ihr warten, und lasst euch ansprechen. Und hier!« Er drückte jedem ein paar Kärtchen in die Hand.

»Visitenkarten? Muss man die nicht vormittags beim Dienstmädchen abgeben, damit man nachmittags zum Tee eingeladen wird?« Socks lachte.

»Da stehen unser Bandname und unsere Webadresse drauf.« Sean grinste. »Die Aufmerksamkeitsspanne soll bei einem Teil der heutigen Jugend nicht mehr so groß sein. Setzen wir auf die Gesichtserkennung und helfen beim Rest nach.«

»Hast du die klammheimlich drucken lassen?«, fragte James lachend.

»Selbst gedruckt auf etwas stärkerem Papier. Pappe kann unser Drucker leider nicht. Autogrammkarten wären zu bombastisch für uns. So weit sind wir nicht. Kann gut sein, da draußen wartet keiner auf uns. Wir werden sehen …«

Socks drehte sich zu mir: »Halte dich also noch eine Minute vom Klammeräffchen fern, wenn du das einrichten kannst. So dreckig, wie der über meine Performance bei seinem Song gegrient hat, hat er bestimmt ein paar Herzen erobert. Erst die Arbeit, dann das Vergnügen! «

»Genau! Erst Kärtchen signieren, dann Socks strangulieren«, dozierte Darrel und folgte seinen Bandkollegen nach draußen.

Kurz darauf kam Sean zurück und bat Sarah, im Raum zu bleiben und auf die restlichen Sachen aufzupassen. Er, Maggie und ich trugen alles zum Wagen, wo es von Gil verstaut wurde. Aus den Augenwinkeln sah ich eine Gruppe von weiblichen Jugendlichen im Gespräch mit Socks und Dylan. Es wurde viel gekichert. James und Darrel standen schüchtern lächelnd dabei.

»Kein Problem«, sagte Sarah zu mir, als sie uns zum Schluss begleitete und die Gruppe dort entdeckte. »Das gehört zum Job und bedeutet nichts.«

Ich war mir nicht sicher, ob sie mich oder sich beruhigen wollte.

7. Weihnachtsputz

Womit entfernt man eigentlich alte Teeflecke von einer noch älteren Arbeitsplatte?«, fragte Dylan am Sonntagabend unvermittelt und legte das Buch, in dem er bis dahin gelesen hatte, neben sich auf die Matratze.

»Ist das nicht eine Frage für den Kummerkasten einer Frauenzeitschrift?« Socks kritzelte auf seinem Collegeblock herum.

»Ich habe es vorhin mit Scheuermilch probiert, aber die hilft wohl nur bei Kaffee.«

»Ich wollte mich schon immer mal mit einem Bandkollegen über solche zukunftsentscheidenden Problemstellungen unterhalten.«

»Langweile ich dich?«

»Nee, erzähl weiter. Interessiert mich brennend!« Socks strich ein Wort durch und schrieb ein anderes darüber.

»Du weißt es also auch nicht?«

»Doch, ich weiß grundsätzlich alles und verdiene mir daher als Kummerkastentante bei einer Frauenzeitschrift etwas dazu. Aber wenn ich dir dieses weltbewegende Geheimnis verrate, schließt sich das Tor zur Weisheit, der Kaffee wird teurer, Big Ben macht einen Kopfsprung in die Themse, Knickerbocker kommen wieder in Mode und die sieben Zwerge erstarren zu Salzsäulen. – Wie komme ich jetzt auf Salzsäulen?« Er stutzte und überlegte kurz. »Sorry, ich war gedanklich gerade

166

bei Darrel. Bin gespannt, was er zu dem Song sagen wird.« Socks grinste.

»Manchmal frage ich mich, was in deinem Kopf abgeht. Aber wenn ich es erfahre, will ich es gar nicht mehr wissen!«

»Was war gleich nochmal die Frage?«

»Teeflecke! Arbeitsplatte!«, rief Dylan.

Socks klappte den Collegeblock seufzend zu und dachte nach. »Ich glaube, ohne Dynamit gehen die gar nicht weg.«

»Für die Antwort hast du jetzt wie lange gebraucht?« Dylan blickte auf seine Uhr.

»He! Immer nur eine Frage auf einmal!«

»Vergiss es!«

»Okay! Du hast meine volle Aufmerksamkeit! Wozu möchtest du die Flecke überhaupt entfernen? Es kommen ja doch laufend welche dazu.«

»Darrel und James haben keine Flecke auf der Arbeitsplatte. Wie machen die das?«

»Ich kann mir nicht helfen, aber ich komme mir gerade vor wie in einem antiquierten Werbespot. Gleich geht die Tür auf, eine widerlich grinsende Alte mit Küchenschürze hält eine grellbunte Plastikflasche in die Kamera, die Sicherung fliegt raus und das Haus stürzt ein.«

»Wenn du mir jetzt noch den Produktnamen nennst, der auf der Flasche steht, lasse ich dich in Ruhe.«

Socks kniff die Augen zusammen. »Ich kann ihn nicht erkennen. Die Bilder verblassen. Laber weiter, vielleicht wird er dadurch wieder klarer.«

»Dir ist es echt egal!«

»Ja, mir ist es egal. Die Frage ist: Warum ist es dir plötzlich nicht mehr egal?«

»Nur so.«

»Wenn du eine neue Arbeitsplatte willst, dann kauf eine und sag mir, was ich dir schulde. Das ist nämlich die Antwort auf deine Frage: Die zwei Musterknaben haben sich eine neue Küche gekauft, als sie da unten eingezogen sind, und danach immer brav alles sofort weggewischt, was sie draufgekleckert haben. Unsere Küche ist zehn Jahre alt, und keiner hat jemals sofort gewischt. Noch Fragen?«

»Ich gehe dir auf die Nerven.«

»Der sensationelle, grandiose Vorteil unserer WG ist, dass ich solche Diskussionen normalerweise nicht führen muss. Wenn ich das wollte, hätte ich bereits vor Jahren geheiratet. Bitte sag mir, was das Problem ist. Warum putzt du? Für wen putzt du? –« Er stutzte und lachte dann schallend.

»Haha. Sehr witzig!« Dylan blickte angesäuert.

»Du schnallst es nicht! Du schnallst es einfach nicht und wirst es nie …«

»Lass mich in Ruhe!« Dylan sprang auf und ging in Richtung seines Zimmers.

»Bleib da! Bleib bitte da!«

»Wozu? Ist ja doch alles ein Witz für dich!«

»Quatsch! Aber sag mir eines: Warum bittest du sie nicht um Hilfe? Sie hilft doch so gern! Und wenn sie selbst keine Lösung weiß, weiß sie zumindest, dass das echt ist und nicht weggeht. Das ist dann so gut wie sauber.«

»Ich lasse doch Sarah nicht unsere Küche putzen! Maggie bringt mich um!«

»Ja, das ist dann euer kleines Geheimnis! Das verbindet! *Bitte, bitte, Sarah, hilf mir! Die böse Maggie lästert seit Jahren über unsere Küche! Dabei habe ich schon alles probiert, was das Werbefernsehen nur hergibt! Nichts hilft!*«

»Du meinst das ernst?«

»Bei nichts kommt man sich schneller näher als bei einem Problem, das man gemeinsam angeht. Normalerweise setze ich dafür Flecke auf Kleidungsstücken ein, weil ich beim Ausgehen für gewöhnlich keine versiffte Küchenarbeitsplatte bei mir habe.«

»Du machst das mit Absicht?«

»Gelegentlich. Wenn es auf der Couch nicht so recht vorangeht, ist ein Ortswechsel ins Badezimmer manchmal der Eisbrecher. Besonders Flecken auf Hosen schaffen Nähe, weißt du? Ich würde ja sagen, probiere es aus, aber deine Wahl fiel auf Sarah.« Er wurde ernst. »Und bei der solltest du solche miesen Tricks nicht anwenden. Spiel mit offenen Karten. Putz die Küche, lade sie zum Tee ein und erzähle ihr, dass hier ganz doll sauber ist, und man es bloß nicht sieht. Sie wird es verstehen und von sich aus Hilfe anbieten. An welchem Tag soll ich mich verdrücken?«

»Wann passt es dir?«

»Immer. Darrel ist es inzwischen gewöhnt, dass ich ihm abends ganz spontan mal mit einem neuen Song auf den Sack gehen will. Die hängen unter der Woche daheim herum, weil Lou zurzeit häufig völlig groggy von der Arbeit kommt. Außerdem nehmen Darrel und James die Guide-Tracks auf, sobald James mal ausnahmsweise nicht mit Andy beschäftigt ist. Da kann ich jederzeit Interesse heucheln und gleich zwei Leuten auf den Sack gehen. Wenn du mich jetzt in Ruhe lässt, habe ich ab morgen Material für Darrel, und es kann jederzeit losgehen.« Er grinste. »Beeil dich! Bald ist Weihnachten, und ich will nicht zu drastischeren Maßnahmen wie peinlichen Mistelzweigen in Treppenhäusern greifen müssen! Die Rosen haben dich ja auch keinen Schritt vorangebracht!«

***

»Wisst ihr ein Mittel gegen hartnäckige Teeflecke auf einer Arbeitsplatte?«, fragte Dylan am Montag beim Abendessen.

»Dynamit!«, antwortete ich mechanisch und sah ihn verwundert an. Seit wann interessierte sich Dylan fürs Putzen? Socks lies seiner scheinbar grenzenlosen Heiterkeit freien Lauf, obwohl mein Witz nicht sonderlich kreativ gewesen war. Was war nur los mit den beiden? Weihnachtskoller? Manche Leute bekamen vor den Feiertagen eine richtiggehende Putzwut, aber bei ihnen konnte ich mir das beim besten Willen nicht vorstellen. Außerdem wurde Weihnachten in diesem Haus nicht wirklich gefeiert, hatte mir Darrel bereits vor Wochen schonend beigebracht. Mir war es recht, denn ich verband keine schönen Erinnerungen damit. Vermutlich ging es den anderen auch so.

»Habt ihr es mit Scheuermilch versucht?«, fragte Maggie.

»Ja. Bringt nichts bei Tee.«

»Zitronensaft? Backpulver?«, hakte sie nach.

»Mehl? Zucker? Butter? Rosinen? Oh! Sorry! Ich dachte, ihr wollt einen Kuchen backen«, sagte James mit Unschuldsmiene.

»Wenn du die Arbeitsplatte mit Butter einreibst und gleichmäßig mit Mehl bestäubst, sieht sie von Weitem aus wie neu!«, erklärte Darrel.

»Womit wir endlich das Geheimnis eurer sauberen Küche gelüftet hätten«, meinte Socks.

»Ich will kein Spielverderber sein, aber wenn ihr die Ränder immer sofort wegwischen würdet …«, begann Maggie einen ihrer Lieblingssätze.

»… müsstest du dir den Kopf zermartern, was du sonst an unserer Küche auszusetzen haben könntest.« Socks grinste Maggie frech an. »Wir machen dir doch gern die Freude.«

»Kein Problem«, meinte Sarah lächelnd. »Wenn man weiß, dass die Flecke echt sind, ist die Fläche eigentlich trotzdem sauber. Wir leben ja nicht im Krankenhaus, wo alles blitzblank und keimfrei sein muss.«

»Die Fußspuren auf der Treppe in den zweiten Stock sind aber eher nicht vom Tee«, sagte Sean schmunzelnd.

»Wir können froh sein, wenn das Braune nicht vom Tee-rrier ist.« Darrel grinste.

Dylan blickte angestrengt auf seinen leeren Teller und runzelte die Stirn.

»Möchtest du noch etwas?«, fragte ihn Maggie automatisch, obwohl wir längst alle fertig waren.

»Ich? Nee. Danke.«

»Wie geht das denn mit dem Backpulver?«, erkundigte sich Socks ganz unschuldig. »Wir haben damit keine Erfahrung.«

171

Irgendetwas war da im Busch. Ich wusste nur nicht was. Der harmlose Blick war definitiv zu dick aufgetragen! Socks wollte Teeflecke mit Backpulver einreiben? Was sprang für ihn heraus? War das eine Wette?

»Kein Problem«, sagte Sarah lächelnd. »Ich kann euch gern helfen, wenn ihr wollt.«

»Das wäre unheimlich nett von dir!« Dylan lächelte sie strahlend an. »Hast du nachher Zeit? Oder vielleicht morgen Abend?«

»Kein Problem«, meinte Sarah lächelnd. »Ich kann gleich mitkommen, wenn ihr wollt.«

»Ich habe übrigens einen neuen Song geschrieben«, sagte Socks zu Darrel. »Hast du Zeit?«

Darrel grinste. »Ja, klar. Nimmst du eigentlich noch immer eine Flasche Whisky, oder kostet das inzwischen mehr?«

Sean, Maggie und Sarah sahen uns verständnislos an, als James und ich laut lachten.

***

Darrel stimmte im Proberaum seine Gitarre. Socks tippte den Text seines neuen Songs ab, druckte ihn zweifach aus und gab eine der Seiten Darrel.

Der las ihn aufmerksam durch. »Tally-ho? Ruft man das nicht bei dieser ekligen Fuchsjagd?«

»Ursprünglich ja. Inzwischen wird es auch in anderen Bereichen verwendet, wenn das Zielobjekt gesichtet wird. Mit dem Titel *Arsehole Spotting* ist definitiv nicht das Hinterteil von Füchsen gemeint.« Socks grinste.

Darrel lachte. »Okay. Dann sing mal vor.«

»Ich habe mir das so gedacht, dass ich alles allein singe, und ihr an den entsprechenden Stellen *Tally-ho* ruft – so laut ihr könnt. Vielleicht kann Dylan sein Mikro mit Sean teilen.«

»Laut ist immer gut«, sagte Darrel zufrieden. »Und es regt die Leute bestimmt an, jedes Mal mitzubrüllen.«

»Ja, das macht Spaß! Ich hab's am Samstag backstage ausprobiert.« Socks strahlte vor Begeisterung.

»Du bist in letzter Zeit unheimlich produktiv!«, stellte Darrel fest.

»Du doch auch.«

»Nicht wirklich. Ich nehme nur endlich alle Songs auf, die ich im Laufe der Jahre verbrochen habe, damit mir Sean nicht länger in den Ohren liegt.«

»Ich finde unser Dasein momentan äußerst inspirierend.« Socks streckte sich und grinste.

Er sang den Song mehrmals vor, so exakt er konnte. Darrel spielte ihn nach und machte sich Notizen. Beim vierten Durchgang starteten sie die erste Aufnahme von vielen.

Sie hörten sich die letzte Aufnahme an, und Socks war sehr zufrieden mit dem Ergebnis. »Klingt okay.«

»Ich denke, mehr geht nicht auf die Schnelle. Ich lasse das mal sacken und mache mir noch ein paar Gedanken zur Geige. Apropos Geiger: Willst du noch ein bisschen mit zu uns kommen?« Darrel feixte und packte die Gitarre in ihren Koffer.

»Ja, danke. Wäre vielleicht nicht schlecht. Ich kann aber auch hier noch ein bisschen herumhängen und euch den Schlüssel nachher bringen. Hauptsache warm und trocken.« Socks grinste.

»Quatsch. Musst du nicht.«

»Ich will eure traute Zweisamkeit nicht stören.«

»Viersamkeit. James und Andy sind wahrscheinlich bei Lou.«

»Ist das nicht ein bisschen eng auf Dauer?«

»Fragt der Mann, der Lou in seinem Wohnzimmer einquartieren wollte.« Darrel lachte.

»Ich wollte das ausschließlich für dich tun. Das musst du mir glauben!«, versicherte Socks. »Ich wusste nicht, wie weit ihr zu dem Zeitpunkt miteinander wart. Bei euch ging das alles aber eindeutig schneller als bei Dylan und Sarah.« Er lachte verschmitzt.

»Hey, ich will dir nichts unterstellen! War echt nett von dir! Eigentlich wusste ich zu dem Zeitpunkt auch noch nicht, ob Lou das wirklich mitmacht und gleich ein Zimmer mit mir teilt. James riet mir aber, es zu riskieren und sie zu überrumpeln. Solche einmaligen Chancen darf man nicht verpassen, meinte er.«

»Lou erinnert mich an meine Mutter.« Socks lächelte verlegen. »Das wollte ich dir schon immer mal sagen.«

»Dann muss deine Mutter eine sehr liebenswerte Frau gewesen sein.« Darrel stand auf und ging zur Tür. »Kommst du?«

Oben saßen sie bei Kerzenschein auf der Eckcouch und tranken Tee.

174

Irgendwann stellen Forscher fest, dass Tee genauso ungesund ist wie Bier. Dann will ich aber mal eure Gesichter sehen, schoss es Socks durch den Kopf. Er entdeckte zwei leere Becher auf dem Teetablett und fühlte sich so wunderbar willkommen. Man hatte offenbar nicht nur Darrel erwartet. Er nahm sich einen Stuhl vom Esstisch, setzte sich verkehrt herum und breitbeinig auf den Sitz und stützte das Kinn auf die Rückenlehne.

»Wir rücken zusammen«, bot James an, aber Socks winkte ab.

Darrel goss für beide Tee ein, reichte ihm den einen Becher und nahm mit dem anderen neben Lou Platz, die zur Abwechslung mal nicht strickte, sondern mit angezogenen Beinen in ihrer Couchecke saß und müde lächelte. Sie sah dünn aus, fand Socks. Seine Mutter hatte bei Stress auch immer das Essen vergessen. Er überlegte kurz, Lou Pralinen mitzubringen, verwarf den Gedanken aber gleich wieder. Wenn es Maggie nicht gelang, sie zu mästen, dann hatte keiner im Haus eine Chance.

»Was habt ihr eigentlich an Weihnachten vor?«, fragte Andy.

»Ahhhhh!«, schrie James. »Er hat das W-Wort gesagt!«

»So vulgäre Kraftausdrücke verwenden wir in dieser verfuckten Bude nicht«, wies Socks Andy streng zurecht. »Hat dir dein beschissener Freund das nicht erklärt?«

»Häng hier einen Stern auf, und du bist ein toter Mann«, stellte Darrel klar.

»Wie nennt ihr dann dieses Dingens, das rot im Kalender steht?«, fragte Andy lachend.

175

»Wir umschreiben es euphemistisch als *Feiertage*, versuchen aber, sie lieber gar nicht zu erwähnen«, erklärte James grinsend.

»An den *Feiertagen* lege ich mich ins Bett, ziehe mir die Decke über den Kopf und denke angestrengt an Ostern.« Socks trank mit übertrieben versonnenem Gesichtsausdruck einen Schluck Tee.

»Ahhhhh!«, schrie James. »Er hat das O-Wort gesagt!«

»Komm zu uns, Socks«, bot Darrel an, »und bring Dylan mit, falls er bis dahin nicht noch was Besseres vorhat. Wir wollen an den *Feiertagen* ausnahmsweise den Backofen benutzen und machen uns Pizza.«

»Backofen? Wird die nicht im Karton gebacken?«, wollte Socks wissen.

»Darrel will sie komplett selbst machen. Als ich ihn fragte, wie man die in einem großen Topf knusprig bekommt, laberte er irgendwas von Backblechen und Öfen.« James machte eine wegwerfende Handbewegung. »Ich bücke mich in der Küche nie und weiß nicht, was sich da unter dem Kochfeld alles befindet.«

»Wozu wir gleich vier Herdplatten brauchen, habe ich auch noch nicht herausgefunden«, pflichtete ihm Lou bei. »Die drei überzähligen nehmen unnötig Platz weg.«

»Wir verwenden bei uns nur noch den Kühlschrank, den Wasserkocher und die Kaffeemaschine«, erklärte Socks. »Die Mikrowelle und das Ding, das so viel Platz in der Küchenzeile braucht, stehen unbenutzt herum, seit die zwei Musterknaben ausgezogen sind.«

»Reicht eigentlich auch«, meinte James nach-denklich. »Und spart Energie!«

»Wir kochen nie. Wir lassen uns von Maggie zum Essen nötigen«, ergänzte Socks.

»Kochen ist aber nicht so anstrengend«, gab Lou zu bedenken. »Das kostet weniger Lebensenergie, als sich gegen einen dritten Nachschlag zu wehren. Wir verzichten da lieber auf die Kaffeemaschine. Das schafft Platz auf der Arbeitsplatte.«

»Warum esst ihr eigentlich jeden Tag Eintopf?«, fragte Andy.

»Weil es schnell geht, günstig ist und satt macht«, erklärte Darrel ernst. »Wir haben früher viel Fastfood und Fertiggerichte gegessen, bis es uns echt zum Hals heraushing.«

»Wenn man sich beim Kochen abwechselt und sich keine Umstände macht, hält sich der Aufwand in Grenzen«, meinte James. »Und es schmeckt ent-schieden besser als der Kram aus der Verpa-ckungsorgie. Wir probieren auch ständig Neues aus. Maggie hat tolle Kochbücher!«

»Und man kann es gut aufwärmen. Wir sind ja nicht immer alle um sieben hier«, sagte Socks.

»Essen wird ohnehin überbewertet.« Lou zwin-kerte. »Manche haben die Steinzeit nie hinter sich gelassen und beschäftigen sich noch immer den ganzen Tag mit dem Thema.«

»Genau! Total bescheuert! Nimm einen Keks!« Darrel hielt ihr die Packung vor die Nase und lachte über ihren angewiderten Gesichtsausdruck.

»Was meint Maggie zu Pizza am W-Wort-Tag?«, fragte Andy amüsiert.

»Das wissen wir nicht und werden es nie herausfinden. Sie fährt wie jedes Jahr mit Sean zu ihrer Schwester.« Darrel legte die Kekspackung auf das Teetablett zurück, zog Lous Beine auf seinen Schoß und massierte ihre Füße. Er erntete dafür einen zärtlichen Blick aus halb geschlossenen Augen, den er mit einem Zwinkern quittierte.

Socks ertappte sich dabei, wie er die beiden gedankenverloren anstarrte. Er hatte schon viel massiert. Füße waren jedoch noch nie dabei gewesen. Er machte sich in Gedanken eine Notiz, einmal auszuprobieren, ob es sich auch für seine Zwecke einsetzen ließ.

»Was macht denn eigentlich Sarah? Fährt die mit?«, erkundigte sich Lou.

»Das weiß keiner so recht. Will sie nicht mit, weil sie keinen Bock hat – oder aus falscher Rücksichtnahme und muss genötigt werden?« James grinste und meinte dann zu Socks: »Kannst du deinem Mitbewohner nicht mal in den Hintern treten, damit er mit ihr vorankommt? Man kann echt nichts planen! Wir wissen gar nicht, für wie viele Leute wir viel zu viel Essen einkaufen müssen.«

»Sein Hintern ist schon ganz blau von meinen Tritten, aber er hat seine Dreistigkeit gegenüber dem schönen Geschlecht total verloren, seit er täglich wie ein verliebter Frosch in ihre hübschen Augen glotzt und mir hinterher die Ohren vollquakt.«

»Andy, kommst du am Böses-Wort-Fest auch zu uns?«, fragte Lou freundlich.

»Der muss als Strafe für sein sündhaftes Leben bei Mum zum Appell antreten, der arme Kerl.« James tätschelte ihm die Wange.

»Ja, leider. Aber trotzdem danke für die Einladung!« Andy lächelte. »Da ich zu doof bin, endlich eine Freundin zu finden, muss ich von Mum rund um die Uhr verköstigt werden, weil Männer offenbar an den *Feiertagen* nicht selbst kochen können, sich aber stopfen müssen, bis es ihnen hochkommt. Das scheint irgendein Naturgesetz zu sein.«

»Ich habe angeboten, mir von Sean den Kilt zu leihen und die Freundin zu spielen«, erzählte James, »aber Andy meint, die kreisen nicht immer nur um sich selbst, sondern schauen einmal im Jahr doch mal etwas genauer hin. Ich könnte eventuell auffliegen! Das wollen wir vor der Übergabe der Agentur nicht riskieren.«

Als Socks am späten Abend seine Wohnungstür aufschloss, war das Wohnzimmer leer. Waren sie ausgegangen? Dylans Jacke hing jedoch am Haken und seine Straßenschuhe standen darunter. Normalerweise ging er später zu Bett. Irgendetwas musste schiefgelaufen sein, und Socks seufzte. Er legte sich mit einem Buch auf seine Lieblingsmatratze, um ein wenig zu lesen. Vielleicht kam Dylan noch aus seinem mentalen Igelnest und erzählte, was los war. Da hörte Socks ein leises Gemurmel und Gekicher aus Dylans Zimmer und zog sich schleunigst in sein eigenes zurück.

***

»Ich habe übrigens im Internet recherchiert«, sagte Darrel, als er spät am Heiligabend in unser Schlafzimmer kam. Ich legte das Buch, in dem ich gelesen

179

hatte, auf den Nachttisch und war gespannt, was jetzt kam. Wenn er so betont harmlos tat, war es meistens irgendeine witzige Albernheit, die ich fast so sehr liebte wie ihn selbst.

»Klick bloß nie auf *delete all*, sonst ist das Internet weg«, warnte ich ihn, »und die Social-Media-Nutzer wissen nicht, wo sie dich deshalb mit einem Shitstorm fertigmachen können.«

Er zog seinen Schlafanzug aus, kroch zu mir unter die Decke und fragte: »Wusstest du schon, dass unheimlich viele Deutsche in London leben? Sprich auf der Straße total besoffen zwei fremde Frauen an, und du kannst sicher sein, dass eine davon aus Deutschland ist.«

»Machst du das regelmäßig?«

»Das Ergebnis meines ersten Versuchs war so zufriedenstellend, dass ich die Testreihe nicht weiterführen musste.«

Ich spürte, wie sich seine Hand unter der Decke vorsichtig auf Wanderschaft begab. »Und jetzt postest du deine wissenschaftlichen Erkenntnisse im Internet und suchst Gleichgesinnte, die sturzbetrunken Frauen anquatschen? Die Mitgliederzahl deiner Social-Media-Gruppe kratzt sicherlich bald an der Millionengrenze.« Ich sah ihm in die hellgrauen Augen und hatte Schwierigkeiten, meine Gedanken beisammenzuhalten.

»Nein, im Internet habe ich recherchiert, was deutsche Frauen erwarten. Schließlich ist die Konkurrenz groß, und man will als Engländer seine Freundin nicht an einen Deutschen verlieren, der sternhagelvoll auf Londons Straßen herumlungert und sich besser auskennt.«

»Diese deutsche Frau hier erwartet, dass du nicht mehr länger um den heißen Brei herumredest.«

»Nein, das stand da nicht. Lies nach, wenn du mir nicht glaubst.«

»Dafür ist es mir unter der Decke viel zu kuschlig-warm. Also fassen wir zusammen: Du sprichst wahllos ein Exemplar der fürchterlichen Deutschenschwemme an und fühlst dich von den Erwartungen überfordert. Was jetzt? Umtauschen?«

»Ich fühle mich nicht überfordert. Ich habe vorgesorgt!«

»Du schluckst jeden Morgen auf nüchternen Magen ein Kondom, damit ich nicht schwanger werde?«

»Das auch, aber darum geht es mir nicht.«

»Dir geht es um etwas? Sag das doch gleich!«

»Also … Sämtliche Shops und Werbeplattformen waren sich einig, dass deutsche Frauen am Abend vor Weihnachten ein Geschenk wollen, weil sie anscheinend nicht bis zu ihrem Geburtstag warten können.«

»Du hast das böse Wort gesagt!«

»Geschenk?«

»Nein, aber das ist hier im Haus um diese Jahreszeit ebenfalls verpönt!«

»Deshalb gebe ich es dir hier klammheimlich unter der Bettdecke. Ist es schlimm, dass ich dir etwas gekauft habe?« Er küsste mich, und ich konnte nicht gleich antworten.

»Nö, dann stehe ich morgen mit meinem Geschenk für dich nicht allein als Verräter da.« Ich kicherte.

»Du hast ein Geschenk für mich?«

»Ja, und es ist nicht aus dem Internet.«

»Zeigen!«

»Ihr lahmen Engländer bekommt doch eure Geschenke heute noch gar nicht.«

»In zehn Minuten ist nicht mehr heute, sondern morgen. Außerdem möchte ich als sehr entfernter Verwandter der königlichen Familie mein Geschenk auch bereits heute.«

»Was hast du mit der königlichen Familie zu schaffen?«

»So doll, wie deren Vorfahren es in all den Jahrhunderten getrieben haben, ist halb England mit denen verwandt. Und ich habe dieselbe Vorliebe für Deutsche wie Queen Victoria.«

»Du liebst einen Mann namens Albert? Und was wird aus mir?«

»Dich behalte ich nebenher. Deine blasse Haut passt so gut zur weißen Bettwäsche. Läuft bei euch in Deutschland die Bescherung eigentlich auch so ab?«

»Wir sind in der Regel nicht nackt, wenn wir die Geschenke überreichen. Wobei ich nicht genau weiß, wie die Nudisten das handhaben.«

»Sollen wir uns was anziehen?«

»Nein, du sollst endlich mein Geschenk rausrücken.«

»Das klingt doch gleich viel mehr nach Weihnachten. Mach die Augen zu!«

Ich schloss die Augen und spürte etwas Kaltes an meinem Hals. »Oh! Eine Rasierklinge!« Ich griff danach. Es war ein dünnes Weißgoldkettchen mit einem kleinen Anhänger in Form einer Gitarre.

»Das habe ich beim Groupie-Ausstatter in der Carnaby Street gekauft.«

»Wer mit einem Herrenschneider das Bett teilt, hält es auch für möglich, dass es in der Carnaby Street einen Groupie-Ausstatter gibt.«

»Auch wieder wahr. Es gab leider keine mit einem Banjo.« Er feixte. »Und jetzt rück du endlich mein Geschenk raus!«

»Schließ die Augen!«

»Das mache ich ganz bestimmt nicht! Du trägst kein Nachthemd, hast keinen eigenen Nachttisch und musst das Geschenk folglich aus dem Schrank holen. Den Anblick lasse ich mir nicht entgehen!«

»Du holst dir jetzt aber kein Popcorn!«

»Und eine Cola bitte!«

Ich kroch aus dem Bett, nahm sein Geschenk aus dem Schrank und schlüpfte wieder unter die warme Decke zu Darrels vielversprechender Hand zurück.

»Volle Punktzahl!«, meinte er zwinkernd.

»Du Feigling würdest es gar nicht wagen, mir auch nur einen halben Punkt abzuziehen.«

»Auch wieder wahr.«

»Ich habe mir etwas ganz Tolles einfallen lassen, auf das du nie kommen würdest.« Ich gab ihm grinsend eine Krawattenklammer, die mit einer winzigen Gitarre verziert war.

8. Neue Wohnungen

Nach Weihnachten bekam Sarah den Schlüssel für ihre kleine Wohnung im Schwesternwohnheim. Der Umzug eilte nicht, da sie bei Sean und Maggie nicht sofort ausziehen musste. Die Küche war komplett eingerichtet, aber ansonsten war alles unmöbliert. Dylan und Sean hatten Farbe, Pinsel und Malerfolie gekauft und wollten sich abends nach der Arbeit ans Werk machen. Sarahs Handgelenk war zwar wieder in Ordnung, sollte jedoch noch nicht zu stark belastet werden.

»Du musst nicht mitkommen«, meinte Dylan, als Socks seinen Kleiderschrank nach alten Kleidungsstücken durchforstete, denen er mit Wandfarbe den Rest geben wollte. »Sean und ich schaffen das locker allein.«

»In solchen Fällen muss man unbedingt zu dritt arbeiten. Sonst wird das nichts!« Socks grinste vielsagend.

Dylan lachte. »Darrel und James haben unten die ganze Wohnung allein gestrichen. Und die ist doppelt so groß wie Sarahs.«

»Die hatten aber auch keine Freundin im Weg herumstehen, die unbedingt helfen will, obwohl sie noch nicht darf. Halte sie uns vom Hals und gib mir deine alte Hose. Wenn du mit Sarah eine Matratze und Geschirr kaufst, Kaffee trinkst und aus Verzweiflung, weil dir nichts anderes mehr einfällt, zehnmal um den Block gehst, trägst du ohnehin besser eine Jeans mit intaktem Reißverschluss. Und nimm ihr den Schlüssel weg, bis wir fertig sind. Sonst sitzt du tagsüber an der Kasse und fragst dich die ganze Zeit, was sie jetzt schon wieder anstellt.«

»Du hattest offensichtlich noch nie eine Beziehung mit einer Frau.«

»Doch. Schon oft. Die längste dauerte sogar sechs Tage.«

***

Am dreißigsten Dezember rief mich abends völlig überraschend Julia an. Ich hatte seit Monaten nichts mehr von ihr gehört, und unsere Bekanntschaft in Gedanken längst abgehakt. Letztendlich war es eine reine Zweckgemeinschaft gewesen, wie sie auch zwischen Klassenkameraden, Kommilitonen oder Kollegen vorkam. Man sah sich über Jahre hinweg jeden Tag, hielt zusammen, half sich sogar gegenseitig. Doch kaum verließ man die Schule, Hochschule oder Firma, sah und hörte man nichts mehr voneinander. Solange man es nicht mit Freundschaft verwechselt hatte, war letztendlich auch nichts dabei, und diese Menschen blieben einem in angenehmer Erinnerung.

Sie erzählte mir von ihrer neuen Wohnung in Kennington und schilderte deren Vorzüge in den schillerndsten Farben. Ich ließ sie reden und freute mich ehrlich für sie, fragte mich aber insgeheim, warum sie mir das so plötzlich und so ausführlich mitteilen wollte. Vielleicht brauchte sie nur einmal jemanden außerhalb ihrer Partnerschaft und Familie, mit dem sie ihre Freude teilen konnte. Allzu viele Freundinnen hatte sie nicht.

Wenn ich ihre vagen Andeutungen kurz nach meinem Einzug richtig verstanden hatte, hatte ihr Freund zu Anfang noch in einer festen Beziehung mit ihrer besten Freundin gelebt, bevor er sich letztendlich für Julia entschieden hatte. Dadurch verlor sie nicht nur diese Freundin, sondern den ganzen Bekanntenkreis rund um diese Freundschaft.

Ich konnte schlecht etwas dazu sagen. Bei mir war es noch nie vorgekommen, dass ich mich in den Freund einer Freundin verliebt hatte. Vielleicht war einem in dem Moment alles egal? Oder gab es ein natürliches Tabu? Kam es einfach gar nicht infrage, dass so etwas passierte, weil man den Partner der Freundin oder er die Freundin der Partnerin gar nicht als eigenständiges Wesen wahrnahm, sondern immer nur in Bezug zur Freundin beziehungsweise der Partnerin? Stimmte also, wenn es doch vorkam, in der Freundschaft oder der Partnerschaft schon etwas nicht mehr?

In meinem Leben hatte es bis jetzt nur eine wirkliche Freundschaft gegeben. Aber Saskia und ich hatten uns nach der Schule stetig auseinanderentwickelt und irgendwann festgestellt, dass wir kaum noch Gemeinsamkeiten hatten. Sie hatte sehr früh ein Kind bekommen, ihr Studium abgebrochen und sich ganz auf ihre junge Familie konzentriert. Mehr als eine Handvoll E-Mails pro Jahr war leider nicht übrig von dieser einst engen Freundschaft. Mein unüberlegter Umzug nach

London hatte ihr vermutlich den Rest gegeben. Saskias Partner war zwar sehr nett, aber überhaupt nicht mein Typ. Ich konnte also schwer nachvollziehen, wie es für Julia gewesen sein musste, als sie sich in den Freund der besten Freundin verliebt hatte.

Auch der umgekehrte Fall, mich in einen Freund von Darrel zu verlieben, war für mich unvorstellbar, was sicherlich unter anderem damit zusammenhing, dass ich noch immer schrecklich in ihn verknallt war. Ich hatte James sehr gern, betrachtete ihn aber mehr wie ein Familienmitglied, was er durch die WG letztendlich war.

Ich erwischte mich dabei, wie ich diesen Gedanken nachhing und Julia nur noch mit halbem Ohr zuhörte, als sie mir von Tapeten und Lampen vorschwärmte. In meinem bisherigen Leben hatte ich nicht allzu viel über den Unterschied zwischen warmweißem und kaltweißem Licht nachgedacht und konnte den Konflikt, den er zwischen Julia und ihrer Mutter zu verursachen schien, nicht so ganz nachvollziehen. Vielleicht musste ich mich doch einmal ein wenig mehr in die Materie einarbeiten, um endlich mitreden zu können.

Auch welche Problematik die Beschaffung spezieller Esszimmerstühle mit sich bringen konnte, war mir bisher noch nicht bewusst gewesen, da unsere sehr schlicht waren, lang vor meiner Zeit von Maggie ausgewählt worden waren und zu unserer Zufriedenheit ihren Zweck erfüllten.

Nach einer Weile fiel mir auf, dass Gavin/Kevin keine allzu große Rolle in Julias Ausführungen spielte. Entweder war die Leidenschaft in der gemeinsamen Wohnung abgekühlt, oder Julia zählte ihn inzwischen kurzerhand zu dem Inventar, das ihr zur Abwechslung keinen Ärger machte, und konzentrierte sich aus Zeitmangel lieber auf das Kunststofffurnierstück, das bei der Montage der Küche abgeplatzt war und einen Streit mit dem Küchenstudio nach sich zog. Mein Vorschlag, es mit einem Tropfen Sekundenkleber zu befestigen, traf auf keine Gegenliebe. Offensichtlich hatte ich bei dem Thema ebenfalls erhebliche Informationsdefizite zu beklagen und Bildungslücken zu schließen.

Die Mietwohnung bestand neben Bad und Küche aus vier Zimmern, die dank Julias unermüdlichem Einsatz inzwischen voll möbliert waren, was sie unserer Behausung eindeutig voraushatte. Wir wollten uns schon die ganze Zeit einen etwas größeren Couchtisch kaufen, da es sich bei dem vorhandenen eher um einen Beistelltisch handelte, den James ursprünglich für das Matratzenlager der obersten Wohnung angeschafft hatte. Doch wenn ich mir nun die erheblichen Schwierigkeiten, die in London bei der Möbelbeschaffung auf einen zukamen, vor Augen führte, konnte ich endlich nachvollziehen, warum James und Darrel das Problem noch immer nicht angegangen waren.

Insofern half mir Julias Anruf, bestimmte Dinge besser zu verstehen, über die ich mir bis jetzt überhaupt keine Gedanken gemacht hatte. Kurz gesagt: Sie ging mir tierisch auf die Nerven. Als sie mir zu guter Letzt ihr viertes Zimmer anbot, falls es mir mit Darrel und James in der *winzigen Wohnung*, wie sie sie nannte, zu eng werden sollte, war mir klar, worum es hier ging. Julia brauchte sehr dringend Geld.

Zum Glück hatte ich eine wunderbare Ausrede, um das Gespräch nach einer Dreiviertelstunde zu beenden. Ich sollte nämlich im Proberaum ein paar Fotos der Bandmitglieder aufnehmen.

James drückte mir im Vorbeigehen seinen Fotoapparat in die Hand und verschwand mit Darrel in Richtung Kellerwohnung.

Ich würgte daraufhin Julia gnadenlos ab: »Sorry, Julia, ich muss Schluss machen! Die Männer wollen ganz dringend im Keller von mir fotografiert werden.«

»Wozu denn das?«

»Unter jedes Foto kommen der Name und eine kurze Beschreibung, damit man sie endlich auseinanderhalten kann.«

»Hast du damit Probleme?«, fragte sie verwundert.

»In unserer *winzigen Wohnung* stehen sie immer so nah beieinander, weißt du? Da kann es leicht zu peinlichen Verwechslungen kommen.«

Unten im Proberaum herrschte Ratlosigkeit. Sie hassten es, fotografiert zu werden, und waren es gewöhnt, von Maggie minutenlang umgruppiert und ständig ermahnt zu werden. Das sah ich ja überhaupt nicht ein! Ich war für mein Leben gern Spielverderber und hatte einen eher unterentwickelten Mutterinstinkt gegenüber diesem Chaotenhaufen.

»Wenn ihr Fotos wollt, dann setzt, stellt, legt ihr euch so hin, wie ihr aufgenommen werden wollt, und ich knipse.«

Als Socks daraufhin frech grinsend einen Handstand an der Wand machte, lernte er, wie konsequent ich meine angekündigte Vorgehensweise umzusetzen gedachte. Bei Sean, der mit seiner Gitarre auf einem Barhocker saß, fing ich direkt im Anschluss ein sehr natürliches Lachen ein. Ich knipste wie verrückt, um hinterher auswählen zu können.

»Okay. Socks und Sean haben wir. Was ist mit dir?«, fragte ich James, der sich auf seinem Hocker sitzend lässig gegen die Wand lehnte und die Arme hinter dem Kopf verschränkte.

»Ich kann weder Kopfstand noch Radschlagen«, antwortete er mit einem so niedlichen gehässigen Grinsen, dass er auch gleich dran glauben musste.

Darrel, der mich mit einem gekonnten Verstandkillerlächeln davon überzeugen wollte, die Sache doch um alles in der Welt etwas langsamer anzugehen, tappte damit nur blind in die eigene Falle. Es folgten weitere Bilder vom herzlich lachenden Sean. Diesmal von rechts aufgenommen. Dylan, der in seiner Verzweiflung den Kopf hinter der Geige versteckte, wusste noch nicht, wie geduldig ich im Zweifelsfall sein konnte, und lieferte mir sagenhafte Fotos, als er mal vorwitzig hinter dem Instrument hervorlinste, um zu sehen, was ich machte.

In fünf Minuten war die Sache erledigt, und wir gingen nach oben, um am Computer die besten Bilder der einzelnen Serien auszuwählen. Langsam nahm die Website Gestalt an, denn inzwischen hatte auch eine gewisse Linda, die nach eigenen Angaben den *Sänger Socks total süß* fand, einen Fan-Bericht über den letzten Gig und den Zufall verfasst, wie sie *sexy Soxy und die anderen* anschließend getroffen hatte. Ich durfte den Text freischalten, weil es bei der spontanen Abstimmung unter den größtenteils amüsierten Bandmitgliedern lediglich eine lautstarke Gegenstimme gab. Ich verlinkte das alles noch auf Facebook, ermunterte dort ganz subtil zum Abfassen weiterer Berichte und lehnte mich zufrieden zurück.

***

Socks ließ Dylan vorbei, schloss hinter sich ab und folgte ihm nach unten. Im ersten Stock hatten sich die anderen bereits alle versammelt und Socks war gespannt auf die Gesichter von Andy, Lou und Sarah, die noch nicht wussten, was sie an Silvester in Maggies und Seans Wohnung erwartete.

»Bei deinem Schlagzeug fehlt etwas!«, sagte er zu James, der zwischen Dreiercouch und Sessel auf seinem Hocker saß und lediglich die Snare-Drum vor sich hatte.

»Ja, der Knebel für unseren Sänger«, konterte der.

Da Dylan den Stuhl neben Sean bevorzugte, ließ Socks sich in den Sessel fallen und nahm seine Gitarre aufs Knie.

»Oh! Socks darf Gitarre spielen!«, rief Lou und schlug übertrieben begeistert die Hände zusammen.

»Ja, einmal im Jahr hat er eine Sondergenehmigung«, erklärte Sean schmunzelnd.

»Er darf sie ganzjährig spielen!«, widersprach Darrel, der seine ebenfalls mitgebracht hatte und neben Andy auf der Zweiercouch saß. »Nur nicht auf der Bühne.«

»… im Proberaum oder in unserer Wohnung«, ergänzte James.

»In unserer Wohnung will ich den Krach aber auch nicht haben!«, rief Dylan gespielt entrüstet und stimmte seine Geige.

»Du wirst es lieben!«, versprach Socks und grinste Lou an. »Wenn meine Zauberhände erst einmal in Aktion sind, dann bleibt kein Auge trocken! Hey! Warte mit dem Lachen gefälligst, bis ich angefangen habe!« Er stand auf und wühlte in seinen Hosentaschen. »Äh … Leute, kann mir mal einer ein Plektrum leihen?«

»Ich dachte, du nimmst deine Zauberhände«, sagte Lou, und kicherte mit Maggie und Sarah um die Wette, mit denen sie sich die Dreiercouch teilte.

»Das geht jetzt übrigens den ganzen Abend so«, erläuterte Dylan und zwinkerte Sarah zu. »Glaubt bloß nicht, dass wir zum Spielen kommen, wenn Socks mitmachen will.«

»Fang!«, rief Darrel.

»Das ist jetzt aber nicht wieder so ein Intimschmuck für dein Banjo!«, maulte Socks.

»Du hättest trotzdem fangen können!«, war Darrels lapidare Antwort. »Blödsinn labern kann man auch noch hinterher.«

Socks suchte hinter dem Sessel nach dem Plektrum. »Ich mache mich doch gern zum Idioten. Der Damenwelt gefällt's.«

Das Gekicher auf der Dreiercouch nahm deutlich zu.

»Seht ihr!« Socks deutete grob in die Richtung.

»Du zeigst aber gerade auf Andy und Darrel!«, stellte James klar, und die allgemeine Heiterkeit fand ihren Höhepunkt.

»Socks, du musst dich gar nicht extra zum Idioten machen. Du bist schon einer.« Dylan schüttelte lachend den Kopf. »Es würde mir doch im Traum nicht einfallen, hier mit der Geige aufzukreuzen und zu fragen, ob einer zufällig einen Bogen für mich übrig hat.«

»Darrel hat wie jeder Superstar die Taschen voll mit dem Zeug, damit er sie als Andenken ins Publikum werfen kann.« Socks setzte sich wieder in seinen Sessel, betrachtete das Plektrum von allen Seiten und tat so, als hätte er noch nie im Leben eines gesehen.

»Das Publikum kann in der Regel aber sehr gut fangen«, meinte Andy und erntete Gelächter.

»Ich ziehe wie ein Golfspieler einen Wagen voll hinter mir her. Und wenn sie mir trotzdem ausgehen, rasiere ich mir den Kopf und verteile Haarlocken.« Darrel spielte das Kinderlied *Three Blind Mice*.

»Beleidigst du mich jetzt schon musikalisch?«, fragte ihn Socks lachend.

»Ich wollte mal sehen, ob du es merkst.«

»Ich will kein Spielverderber sein, aber wenn ihr noch länger braucht, sollten wir zwischendurch mal was essen«, meinte Maggie kichernd.

»Das Abendessen liegt schließlich schon fast eine halbe Stunde zurück«, ergänzte Sean schmunzelnd.

»Und einer sollte auf die Uhr achten, damit wir Mitternacht nicht verpassen«, sagte James.

»Kann mir mal jemand ein A geben? Ein B tut's zur Not auch«, meinte Socks verschämt.

»Willst du einen Vokal kaufen?«, fragte Andy.

»Wenn Socks seine Gitarre in Zeitlupe stimmt, vergeht die Echtzeit dann schneller oder langsamer? Kennt sich jemand mit der Relativitätstheorie aus?«, wollte Dylan wissen.

»Soll ich?«, bot Darrel freundlich an.

»Ja, mach mal bitte.« Socks lachte jungenhaft. »Wenn alle gucken, kann ich doch nicht.«

»Kurze Info für alle Neulinge: In diesem Haus hat es eine lange Tradition, an Silvester zusammen Traditionals zu spielen«, erklärte Sean im Tonfall eines Fernsehansagers. »Wenn wir zum Spielen kommen«, fügte er schmunzelnd hinzu.

»Kein Problem«, sagte Sarah fröhlich lächelnd. »Ich liebe Traditionals und warte gern.«

»Um Mitternacht singen wir dann alle zusammen *Auld Lang Syne* und freuen uns, dass wir wieder ein Jahr hinter uns gebracht haben, ohne wegen des Mordes an unserem nervtötenden Frontman im Knast zu sitzen. Das schweißt zusammen und gibt Kraft für das kommende Jahr«, erklärte James.

»Kann losgehen«, sagte Darrel kurz darauf und gab Socks die Gitarre zurück.

194

»Spielst du eigentlich auch ein Instrument?«, fragte Lou und lächelte Sarah freundlich an.

»Nichts Richtiges. Nur ein bisschen Flöte.«

»Na, da haben wir doch etwas für dich!« Socks sprang auf und lief zur Tür.

»Ach, Socks, jetzt mach doch keinen Stress hier!«, rief ihm Dylan hinterher.

»Oh, nein! Und ich dachte, wir können nun endlich anfangen!« Sean verbarg sein Gesicht in den Händen und mimte einen Weinkrampf.

»Tut mir sehr leid!« Lou lachte. »Das konnte ich nicht ahnen.«

»Kein Problem«, meinte Sarah und lächelte.

Doch Socks war bald zurück und hielt seine Tin Whistle für alle sichtbar hoch. Dann überreichte er sie Sarah mit einer tiefen Verbeugung.

»Du musst nicht spielen, wenn du nicht magst«, sagte Dylan zu ihr.

»Kein Problem.« Sarah lächelte, setzte das Instrument an die Lippen und spielte fast fehlerfrei eine Strophe und den Refrain des Lieds *God Rest You Merry, Gentlemen*.

Alle klatschten begeistert.

»Super!« Dylan strahlte sie an.

Sarah lächelte verlegen. »Ich bin aus der Übung und kann leider auch nur Weihnachtslieder auswendig.«

»Das passt doch hervorragend«, meinte Lou. »Das sind ja eigentlich auch Traditionals.«

»Behalte die Flöte, wenn du magst«, sagte Socks.

»Bist du sicher?«, fragte Sarah erstaunt. »Was möchtest du dafür haben?«

»Nichts. Die Anschaffung hat sich bereits amortisiert«, Socks lächelte hintergründig. »Ich brauche das Ding nicht mehr. Ich habe jetzt Tarotkarten. Die fallen nicht so schnell aus der Innentasche und sind ebenfalls mehrfach einsetzbar.«

»Frag nicht nach. Ignorier ihn«, schlug Dylan vor und seufzte. »Je mehr man nachfragt, desto verwirrender und peinlicher werden seine Antworten.«

»Kein Problem«, meinte Sarah strahlend. »Vielen Dank, Socks!«

***

»Guten Morgen!« Darrel holte mich mit einem innigen Kuss aus dem Tiefschlaf, und ich musste erst meine Sinne sortieren.

»Hm?«

»Heute ist unser großer Tag!« Er schenkte mir sein Verstandkillerlächeln und strich mir sanft das wirre Haar aus der Stirn. »Oh! Sieh nur! Da ist sie ja! Die Augen sind sogar beinahe offen. Hurra!«

»Du bis so erschreckend munter.«

»Aber klar doch! Von wegen großer Tag und so weiter.«

»Und du hast schon Zähne geputzt. Das ist ein unfairer Vorteil!«

»Woran erkennst du das?«

»Du riechst nach Pfefferminze. Aber ich sicherlich nicht«, murmelte ich und schloss wieder die Augen. »Rasiert bist du auch. Muss ich zum Glück nicht …«

»Sweetheart, du hast morgens den dezentesten und süßesten Mundgeruch von allen!«

»Du bist so gemein …«

»Los! Wach auf! Du musst Ja zu mir sagen! Du hast es mir versprochen!«

»Ja.« Ich drehte mich auf die Seite und vergrub mein Gesicht im Kissen.

»Herzlichen Glückwunsch!«

»Wieso?«

»Du hast dich soeben mit mir verlobt!«

»Was?« Ich war schlagartig hellwach.

»Das heißt nicht *Was?*, sondern *Ja, ich will!*. Wenn du demnächst im Register Office *Was?* sagst, sind die imstande und wollen einen Dolmetscher für dich. Und der kostet garantiert extra.«

»Wir wollten darüber doch erst nach einem Jahr wieder reden.« Ich zog mühsam die Hand unter der Decke hervor, um sie mir beim Gähnen vor den Mund zu halten.

»*Nächstes Jahr* hast du gesagt. Mit der Zeitzone in Deutschland kenne ich mich zwar nicht so gut aus, aber auf meinem Kalender ist heute der erste Januar. Ich ziehe zur Trauung auch gern mein Bühnenoutfit an, wenn du magst. Frauen heiraten gern Trottel, habe ich so langsam den Eindruck.« Wieder folgte das Verstandkillerlächeln.

»Okay.« Ich lachte.

»Das heißt nicht *okay*, sondern *Ja, ich will!* Bitte übe das, damit es sitzt! Wir stellen dir gern den Proberaum zur Verfügung, wenn dir das hilft.«

»Ich muss nachher mal auf die Website der deutschen Botschaft schauen …«

»Ist mein Heiratsantrag so schlimm, dass du deine Botschaft um Hilfe bitten musst?«

»Ich weiß nicht, welche Papiere ich brauche. Vielleicht muss ich noch etwas übersetzen lassen.«

»Heißt das, du machst mit?« Verstandkillerlächeln Nummer drei.

»Ich kann dich ja schlecht allein hingehen lassen. Am Ende behalten sie dich spontan da, wenn du in deinem Bühnenoutfit so süß lächelst.«

»Zu zweit macht das Heiraten auch definitiv mehr Spaß.«

»Sag das den Leuten, die zweihundert Gäste einladen.«

»Von meiner Familie kommt keiner.«

»Meine Familie lade ich gar nicht erst ein.«

»Ich will dich aber nicht überrumpeln.« Er sah mir ernst in die Augen.

»Das sagst du jetzt, nachdem ich Ja gesagt habe.«

»Brauchst du mehr Zeit?«

»Wir haben es fünf Monate miteinander ausgehalten. Da bekommen wir den Rest des Lebens auch noch irgendwie zusammen herum.«

Er lachte, zog sich aus und kroch zu mir unter die Decke.

Ich entzog mich seiner Umarmung und lächelte zärtlich. »Lass mich mal kurz die Zähne putzen gehen, damit ich wenigstens eine dir ebenbürtige Braut bin.« Schnell schlüpfte ich aus dem Bett und zog mir etwas über.

»Gehst du jetzt Zigaretten holen und kommst nie wieder?«

»Im Morgenmantel?«

»Ich bin Herrenschneider und habe keine Ahnung von Outdoorbekleidung für wunderschöne
Damen.«

»Du musst dich damit abfinden, dass du mich
nun nicht mehr so leicht loswirst. Selbst schuld!
Eine unüberlegte Frage, und schon ist das Malheur
passiert!«

»Damit kann ich leben!« Darrel sah so niedlich
aus, als er mir mit einem zufriedenen Lächeln zu-
zwinkerte. »Beeil dich! Ich brauche dich ganz dringend für das, was ich hier gleich vorhabe.«

***

Betty betrat den Buchladen, sah sich unentschlos-
sen um und betrachtete die Regale zu ihrer Rechten
etwas genauer.

Socks pirschte sich von hinten an und grinste
verschmitzt. »Guten Tag, Ma'am! Kann ich Ihnen
helfen, Ma'am?«

»Oh? Hi! Ich wusste nicht, dass du hier arbei-
test!« Betty lachte.

»Ich arbeite hier nicht. Ich lungere nur so herum
und warte auf mein Gehalt.«

»Das sehe ich!« Betty deutete auf den Büchersta-
pel in seinen Händen.

»Ach, das? Das ist nur Tarnung! Möchtest du eines kaufen? Dann muss ich nicht so schwer tragen.«

»Was ist das? – Oh, nein! Nicht mein Fall!«

»Ja, Bücher, von denen wir gleich ganze Stapel
auf Vorrat haben, sind mir auch suspekt. Suchst du

etwas Bestimmtes oder lungerst du ebenfalls nur hier herum?«

»Draußen regnet es, und ich habe gehört, dass es sich hier gut lungern lässt, aber heute bräuchte ich *The Birthday Party* von Harold Pinter.«

»Kultur? Nein, Ma'am. Da sind Sie hier völlig falsch! Dies ist eine Buchhandlung, müssen Sie wissen. Wir verkaufen ausschließlich Notizblöcke mit berühmten Zitaten, Kugelschreiber mit Sinnsprüchen, Badekugeln zu beliebten Fernsehserien und Kalender mit Cartoons. Aber halt! Moment! Bevor ich etwas Falsches sage … Da hinten haben wir noch Reste der alten Ware. Da könnte vielleicht noch das eine oder andere Buch dabei sein.«

Er suchte im Regal unter P und fand auch vier Theaterstücke von Pinter. Das gewünschte war jedoch nicht auf Lager.

»Nein, Ma'am, ich habe mich getäuscht. War doch kein Buch, sondern ein Taschenkalender mit Katzenmotiven. Ich schaue mal im Computer nach. Vielleicht finde ich dort die Literaturnobelpreisträger-Badekugeln.«

Betty kicherte amüsiert und folgte ihm.

»Pi – Pin – Pint … Hm! Entschuldigung, Ma'am! Suchen Sie *Pinter* oder *Pint*? Ich hätte hier ein Bierlexikon, oder wäre Ihnen ein Buch über Whisky lieber?«

»Trinkst du den Whisky jetzt schon pintweise?«

»Gut, dann suche ich doch lieber nach dem Buchtitel. Wir haben hier übrigens einen ganzen Tisch mit Kindergeburtstagsartikeln, wenn es *Birthday Party* ohne Pint sein soll. – Nein, dein Buch haben wir momentan nicht da. Soll ich es bestellen?«

»Ja, gern!« Betty sah ihm lächelnd zu.

»Kommst du vorbei, oder soll ich dich anrufen? Äh – ich meine natürlich: Sollen wir Sie anrufen, Ma'am?« Er sah ihr tief in die Augen und lächelte gewinnend.

»Du bist ein Filou!« Betty lachte schallend. »Nein, ich komme Ende der Woche ohnehin hier in die Gegend und frage nach.«

»Gut, dann bleibt noch die Sache mit dem Pint. Wann hättest du denn Zeit, etwas mit mir trinken zu gehen?«

»Socks, du bist unheimlich süß. Wirklich! Aber mir ist momentan nicht nach solchen Sachen zumute.«

»Kein Problem! Werfe ich mich einfach wie jeden Abend aufs Bett und weine mich in den Schlaf!« Er zwinkerte ihr zu.

»Socks, uns ist momentan wirklich zum Weinen zumute. Tom hat Krebs. Und seine Chancen sind nicht allzu groß.«

»Sorry. Das wusste ich nicht.« Socks wurde schlagartig ernst. Tom hatte bereits auf der Tour krank ausgesehen, aber Socks hatte es als Symptom der Alkoholkrankheit gedeutet und war nie auf den Gedanken gekommen, dass auch etwas anderes dahinterstecken konnte.

»Das weiß noch niemand. Er hat es selbst erst vor Kurzem erfahren. Bitte behalte es für dich, ja? Nick will es dann auf die Website von Arthur's Wharf setzen, wenn Tom die OP hinter sich hat. Ich sollte dir das gar nicht erzählen. Es ist mir nur herausgerutscht. Du hast eine Art an dir …« Sie zuckte verlegen mit den Schultern.

»Ich verspreche dir, ich erzähle es niemandem. Und wenn du jemanden zum Reden brauchst: Ich kann mich auch ganz normal mit den Leuten unterhalten und nicht nur flirten. Frag meine Freunde. Mit Sean flirte ich auch nie.«

Betty lächelte traurig und legte ihm kurz die Hand auf den Arm. »Du bist ein lieber Kerl.«

»Ja, das sagen alle, die mich nicht kennen.«

»Vielleicht komme ich tatsächlich auf dein Angebot zurück.« Sie sah ihn nachdenklich an. »Gib mir mal bitte deine Nummer.«

***

An einem regnerischen Dienstagvormittag Ende Februar heirateten Darrel und ich im *Register Office*. Als Zeugen unterschrieben James Mill und Samuel Sogg. Anschließend gingen wir zu viert Pizza essen.

Über die Autorin:

Louise Millicent Moran hat in ihrem Leben definitiv zu viele Liebeskomödien und Sitcoms gesehen, um ernsthafte Liebesromane schreiben zu können.

Über das Buch:

In diesen Roman ließ ich persönliche Erfahrungen einfließen. Dennoch sind die Personen und die Handlung frei erfunden. Etwaige Ähnlichkeiten mit tatsächlichen Begebenheiten oder lebenden oder verstorbenen Personen wären rein zufällig.

Über das Coverfoto:

Nein, bei dem Turm handelt es sich nicht um Big Ben, sondern um den Elizabeth Tower. Big Ben steckt jedoch dort drin, bewegt sich und seinen Schwengel hin und her und gibt dabei laute Geräusche von sich.

Danksagung:

Ich bedanke mich ganz herzlich bei allen Menschen, die nie ihren Humor verlieren, freundlich und hilfsbereit sind, ohne eine Gegenleistung zu erwarten, und mich zu diesem Buch inspiriert haben. Ich liebe euch!